# 错视

## 的天域

范名之 著

谨将此诗集献给我的父亲

那被后人遗忘的天域
我一直在巡视

长江出版传媒

长江文艺出版社

范名之（范敏），号颠白、三溪洞人、梦溪雨、夕林居士。北京大学深圳弘法寺佛学院教师、深圳市委党校特聘教师、电视剧制片人、巴黎国际流行色协会中国干事、美术家、书法家、诗人。现定居深圳。

传略编入《中国当代书画家大辞典》《中国当代工艺美术名人辞典》《湖南文艺家传略》《中国当代书法名家墨迹》《龙年国际书法大赛作品集》。著有《范名之冰雪山水画集》《范名之诗画精品选集》《范名之书法作品集》《中国书法艺术构成纲要》；长篇小说《焚世幻象》；诗歌集《城骚》《雪漏隐喻》；散文集《守望桃源》等。

1980年曾创办《小草》杂志，并开始从事文学创作，2007年在网络上恢复诗歌写作。其文学作品先后刊登在《当代中国》《中西诗歌》《诗人》《左诗苑》；绘画作品在中国美术家协会主办的"首届中央电视台国画电视大赛"获入围优秀奖；《名家书画》杂志上系列专题报道；国家、省、市博物馆等展出收藏。

**FAN**
MINGZHI

我思 故我在

# ■ 目 录

## 悬念的空门

## 通灵的偈语

## 移情的剪影

## 剥离的臆想

## 风遗的残笺

错视的天域

## 叩醒的虚空

## 附录

# ■ 文字游戏·自序

敬畏那些文字符号，敬畏所有文字里不朽的思想。

从断脐初生的婴啼里，我便初识了世间所有的文字。我啊，我……从此诞生了第一个感叹词，生命的字符便有了意义。

几十年来，字符一直演绎着我负重的思想，承载着我罅漏的心历。

时常，我无厘头地臆想，人类文字发明以来，现存有多少文字篇章，多少史籍未被传承的思想，思想没有体现出的文字？我常翻阅古今文字如同浩瀚无际的星辰，涉足辞海未知文字的渊源。或许先贤们撰文编字之前，因简书石刻的限制和书笺的遗失多少国粹没有流传下来；那一些臆想失之于纸而藏于心的文字，一定比现存的文库史料多得多，在线装铅印之外组成了思想的生命与生命的思想，就像宇宙的暗物质一样充实着未知的世界。

孩提时，不认字，我临窗远怀，默数着庭外的星星，只懂游戏，不懂文字；青年时代，思辨文史，足测旅途的尘埃与风沙，我懂了文字，不懂游戏；也许耄耋之年后，文字游戏都明白了，却只能搁置闲庭的记忆里，书斋养目，一手捧着沙砾，两眼望着星空，数着颤抖的回忆而瞻望追问：为何人们在思考问题时，总爱遥望星空，在字符之外的心宇，星星也许就是发光的文字，发光的汗水和闪光的足迹；而每一个字符都渗透着人们对这个世界痛并快乐的感受，那书屋三昧的性情，如痴似醉，破折号似的延续意味丰富的人生。

而今，步入天命之年，重戏诗文，意会星儿眨眼缄默的暗语，但我还会固执地猜问：文海之明与星际之暗谁与雄辩，那位英才早逝的海子穿过柴门、面朝大海，是不是也在天岸数着浩瀚的文字，风铃上留下多少春暖花开的诗笺呢。

字符是寂寞的，自古文人也是寂寞的，历史上曾有过腥风血雨的文字狱，更是残忍的寂寞；文字也很伟大，有过仓颉造字、洛书河图；有过诸子百家与唐诗宋词的灿烂；有过希腊罗马与玛雅文明、印度宗教文化的辉煌。它渗透在历史文明的长河里，时代的变更中，延续了人类的思维，传承着往者的空灵，弥补了来者的虚存。

也许，是感叹词的惊讶，一种形而上的虚词掩盖或颠覆了真理和现实，自我的主语被客观委屈地省略着，如同文字的人生隐瞒着潜在的物质创造与精神回归，阴阳与虚实并存。面对每一段生活的文字、每一节被主观篡改的历史，真不想用夸大的问号解读遗忘的质疑，文字社会自相矛盾的悖论；也不善用累赘与苍白的形容词去修饰，只想假借骚人之辞反省独醒的卑微与愚昧。即使灵感枯竭，润饰不了上帝赋予的名语与蹩脚的宾语，也不需用寺外今月去推敲古贤的绝句，只想在冥冥的虚幻中阐释与精神世界的某种契合。

也许，一点悲欣迟疑的逗号，使我置身在慎独的宏微之间不断反思；在灵魂出窍的停顿中感悟文字、体验游戏，完结思想的成熟与渐悟人生的真谛。搁笔之暇，省略去多余的物欲、贪恋、名利与私心，人际关系中的虚伪、卑鄙、欺诈；省略去天灾人祸、贫穷苦难、饥饿与战争……

但完结的思绪无法省略新的意识形态，只期待语句中新的思潮、新的创造而涅槃重生。笔端所触及的心历间，每一次发现与感悟都会铭刻出一串串感叹词，扪心自省，感悟人类文字的魔力与精神的不朽……

我敬畏那些与生命相关的符号，敬畏所有文字写意的人生。

窗外仲夏，子夜如磐。游戏的世界已潜入寂寥的思域，释卷之后静思于案，万籁渐定，所有纷杂的尘世一怀释然，似乎都在领悟大自然潜移默化的风语。于是乎，荧屏上星星与文字在相应跳动，闪烁于淡然，漠然无凭。刚撰完《文字游戏》系列，在辨析那些有趣的符号时，我忽然明白：符号本身是苍白无意的，字为衣冠，文是性情，赋予思想便有了生命，文教如斯而人心净化。文既可救世，也可杀人，以伤感之心于家与国，则文字怅然；以喜悦之情于人与事，则文字欣然，这就是文字人生游戏的秘籍。

其实，文字并不需要虚假的暧昧或尖锐的平庸；更不需要过于的简单或繁饰，我思故我在，真情自然就好。也许，我是在用繁饰而暧昧的文字，解析简单而尖锐的关于文字的游戏，关于游戏的人生原本就是一个错误的病句……

病句的人生，也许是另一种自圆其说、悲欣如斯的解读。

二〇〇八年七月　三溪洞人

# 对称的透明

诗歌的透明完全可能是无理性的……

诗歌的本质是透明的，形而上的灵魂宣言，是客观世界彼此体验的感悟与交流；纯净、透明、清澈是生命与诗歌的超然形态。从诗歌感性的角度观察所谓 "生活错视的本质" 与 "天域的假象"，我将用精神紧张（tension）的对质——一种重新认识世界的方法引入诗行，穿越地核、星际；穿透灵性、灵感与灵魂……

# ■ 午后闲语

总在散漫的下午困醒
消受一段旷废的懒散和闲静
超度的墙后，寒蝉被遗忘
耗弃的是磨损的日影

庇荫移过一城疲惫
以肤浅体味一杯深邃的初醒
那一刻，窗帘剪着斑驳
正在部署秋至的残迷
弥散的旧绪又从新历开始
谁在慰惜怀远的悲欣

尘嚣蒙蔽生态，在变迁
陋巷梗塞着一扇纳凉的余晖
被铜雕凿成了瞻仰
阴护的梧桐开始背弃虚晃的霓影
疏离，陷入夜的自卑
发霉的文字被藤椅一次解构
记忆已是护栏的锈印

那些次音磁化的伤逝
伏案无绪，重演
蚯蚓头顶着积郁，在墙角
想耗尽破土的黎明

正如蒲公英越过铁轨羁旅的飘

只为杂丛间寻根的恻隐

午后遗忘的某一情节，卷客

依旧被浓荫移情


蚂蚁衔接的岁月，匍匐

正想与我翻悔困醒的年轮


2008/7　益田花园

## ■ 对称的透明

穿过光的边缘，夜
分娩前，蒙受着城影的觊觎
半掩的窗捂痛凝虑，稍纵
划破旷野的虚空

当牡蛎敞开隐瞒的星际
蒙蔽，便有了犯忌的纵容

闪电拉斜的原野之北
山峪啃破幽暗被矿灯燧燃
一堆坟茔冥想着
天光避讳的地宫灵肉已经腐烂
窑口，重新出土火种
传承图腾，祭奠上
战国雄起的硝烟沿铭鼎演绎
撞逝了屠龙斗蚩的遗梦

你用破晓雄鸡与黑蝠的夜对视着
我在颠簸的岁月中癫疯

当光的精子随梦漫游
你舔着地幔，一头扎进果核里
从失忆的插缝之间
托起喷血的日冕，地陷时
逃离了涅槃的绝种

错视的天域

006

我用葡萄压榨的酸性
对饮着菊黄上流失的尊容
结霜并不生产纯洁
贪欲和禁欲在冰窖里彼此体味
一只菜鸟对峙着
另类人性失态的争宠

你用海底火山与鸟背的天对峙着
我在迷失的抗拒中失踪

磁石一端悬置的铁屑
以太极的虚柔牵引着虚迷的昏昼
暂栖溶洞，默守的相持
只剩纯真的净对称纯粹的浊
过滤着变异的色空

你以电光吸尘的闪失
想复辟失控的长夜
背弃无法阻止穿透大气层的诗魂
让灵性更加透明，海一样
以一滴泪对称着
另一颗陨石坠落的凝重

你用葵花的倾向与日冕对称着
我在飘浮的梦幻上漂动

2008/7　益田花园

## ■ 梦　马

落日卷卧着，凝眸在喋血
穿过桥孔的十月触痛了残虹

月醒的荷塘，风卷清凉
季节拴在树桩上被寒蝉再度磨损
无法摆脱雁去的阵痛

滞留窗外的寒星入梦为马
如飞萤扑打秋的虚蒙

麦尖跌在犁皱的追忆里
马牵着我，沿硬币的反面奔命
想抛脱葵花颠覆的日空

惊蛰一梦的地震，叩醒大地
掘出封疆不治的戏俑

总想从脊梁的裂口潜入
麦秆在竭力支撑着锈死的窗栏
掩埋汽锤敲响工地的沉重

总想掰开自身的隐形
与黑夜同用一只眼睛窥测黑夜
另一半，却在墙外虚蒙

长夜驮着我，寂月无痕
秋声漫漫溅起笼城一地飞鬃

今夜扬鞭为你—马平川
我为沧桑的祭奠选择陪葬秋赋
泪洒十月萧疏的情种

你在梦的遥远悬挂着天马
正如现实将我悬空

2009/1　益田花园

## ■ 聚焦的潮湿

路过橱窗，与街景对焦
交错，总想见证邂逅的表情

触遇已剥离，波及的颤音
与站台卸下的所有焦虑一样沉
都浸泡在酒吧天蓝的音域里，尾气
透过鼻孔还给感冒的清晨

绿荫忍受着闹市的喧嚣
一些漏光在颤抖，想纠正霓虹上
所偏差的那些爱情与理性

凝望轮毂也凝望天马
滞留青鸟的云海也滞留蓝鲸

风干的愚昧捏着潮湿
以聚焦的困醒蒙蔽了真相
梦马冲出瞳孔，避开流血的日芒
在哲人的头顶挥鞭狂惊

一些悬念在轱辘上已腐烂
摸不透井底潜流的暗喻
一些沉凝不能再忍受坠露的稀释
在晦涩的背后敲打天明

迟滞已结束，而凝虑还没离去
移动的天空却开始苏醒

2002/7　益田花园

## ■ 忏 悔

是被饿狼逼到绝境时
跳崖摔伤的，我的尊严
是被阳光无辜灼伤而躲进寒夜的
因自弃而歪曲事实

是被罂粟渗入骨髓时
诱惑亵渎的，独立的我
是被季节遗忘而盲目离弃土地的
因贪生而逃避噎死

这就是你，必定与我分手或重逢
因爱恨而独自沉默的情理

是被弹子洞穿翅膀时
暗杀伤害的，我的信仰
是被苍蝇蓄意围攻而迂腐苟且的
因愚弄而嘲笑上帝

是被海盗劫持潜逃时
懦弱陷害的，困醒的我
是被愚昧腐蚀而疯狂盗窃文明的
因蒙蔽而篡改历史

这就是你，必定与我同生或共死

因荣辱而拼命嚎叫的抗议

一句谶语不成敬畏
因错误的开始导致正确的结束
是因脆弱的我
沸水已凝固了血迹

一段忏悔已为谎言
因重生的结束导致泯灭的伊始
是因刚愎的你
炼炉却铸错了魂体

是嚼字的马与犁尖上的诗人
掰开黑麦时被黑夜埋入泥土的

1999/12 深圳蛇口

## ■ 谁在播种

### （一）

放弃了季节，种子
正蒙蔽着土地孕穗的渴望

那边麦秸已腐烂
一只麻雀在枯秆上低唱
也许，剥落的秋实
还在饥寒的空穗里随风虚晃
犁不开旷野的苍凉

胚芽被候鸟衔走了
正巧乘荒野还没苏醒，稻草人
挥手告别镰刀时
滥伐之锯便乘机发丧

这就是你，空壳的理由么
被乡愁困扰的饥荒

我和我的现实
无辜再一次忍受，忍受
没有种子的绝望

### （二）

也许，晚餐不是最后

仓鼠的磨牙里民生正在发酵
我也像池塘的孵蚊
叮住城镇失血的脸庞

躺在变节的阴沟里
清贫遭遇满腹贪婪的排泄
从另一渠道回归土壤

也许，不需要播种
我会从祭祖的陶罐里悄然萌芽
签发社稷求生的争战
避免盘古开错河殇

这就是你，结果的乞求么
被历史肆意的扬场

我和我的子民
无知再一次承受，承受
没有绝种的疯狂

（三）

只想和精神走出粮仓
在堵塞的阳光下为孕穗裸奔
大胆地脱下干瘪的皮囊

也许，种子还在堕落
总想把贪婪填入胃酸的城池
对土地的眷恋

只留下磨驴碾碎的痴望

这就是你，变异的选择么
被蝗虫蚕食的情伤

我和我的种子
无奈再一次接受，接受
没有岁月的补偿

1992/3　长沙茶子山

## ■ 年事无心

越过一片挤逼的时空
果核吐掉的星辰，夜很沉重


行影踏偏钟楼的时差
记忆跌在墙缝里
潜移着一夜檐雨模糊不清的往事
寒露漫过广场，云帆
守着海关一角吞噬的隐晦
一枚硬币叩响的年终


从嘴唇滑入指间
橱窗上，修长的暗示
穿过天桥返回地铁到熙攘的牛虻
所有的奔命都跌在果核里
玻璃墙撞击的天瓮


越过一段时隙的挤逼
春蚕吐发的残眠，梦很迷蒙


因路遥，故事此时已婉转
因夜黑，故人此刻已隐逝
疲惫的年轮渐渐在轱辘上磨损
溺水泛起蝌蚪的从容

故事扭过故人的脸
逃逸的情爱在颠倒的鸟视下放空
一种隐逸正巧经过往昔
被地震拦截在龟裂的荒冢

马路挖挖填填，走失的
年暮贴着脚跟填补残冬的挤逼
掏出口袋捏漏的心事
连同秋雨扔给路边的乞翁

窗雪，拾起枕边的旧约
果核还裹露着挤逼的心空

2003/12　益田花园

## ■ 我是谁

颠覆在时针的跨度上
我，我是谁
被欲望扭曲的形态
谁是我遗弃在风隙之间的残骸
与梦马一起飞断魂桥
跌在荒野化雪为泥

盘古醒了，上帝已死去
扛起地球的蝼蚁在搔头质疑

我是谁的空囊
苍天，在我指缝溢流
你用万分的核力加我前世的光阴
黏合成一半爱恨与枯荣
一半繁衍的潮汐

从哪里来，谁是我
从铁轨永不合一的终点
精子一般穿透孕穗、穿过地幔
偏离无魂的罪域
又回到眼球
误撞了外星人的嫌疑

那是你前世错误的遗弃

因愚弄天意，我在忍受绝迹

到哪里去，你是谁
从生死不合的闸口突围
如同撞破香炉的耗子卑畏神坛
爬出半坡村，潜伏着
在图腾的沼地里
寻不回琥珀里的遗址

那是我今生必然的遗愿
因藐视神明，你在生死抗旨

谁是我的永恒
极地，在我头顶行走
我用你一秒的距离加宇宙的核变
演绎着一半赎回的纪元
一半争战与贫瘠

每天，产痛迎送的殡仪
颠倒着不能规避的生死，质疑
那是耶稣的畏忌

2000/7　深圳南山

## ■ 半个面孔的影

藏入镜子的人蒙住自己
欺骗所有的眼神
树是谁的菩提，坐断了根
追寻远去的足音以半个面孔回应
铸火为雪，蛰伏一次清明
清即不清，明亦非明

想从镜中取象，现实
把结跗的持镜者，最后一个
装进变性的图腾里
风带着尘嚣从干瘪的呵欠中起来
再次躺过白驹挤破的光景
影不是景，象亦非镜

透明是别处的自我
盲目抱着不与佛祖同眠的上帝
蒙惑了清醒，糊涂反过来
塞进瞳孔又露出
那半个面孔半影的愚人

照镜的习惯有一些暧昧
明鉴，总爱自以为是的混淆视听
透明不是光的真相，转身
被弃的是蒙难的背影

2012/1 深圳弘法寺

# ■ 纯　粹

纯粹，一直想移植
改嫁图腾，想拥有屈尊的膜拜
谁在石碑上盲目缪颂

因世俗而难以洁身如玉
正如盲骡在石轮上盲目地赶路
磨缺的交集中
玉损难保处世的尊容

在指环与眉心间忍受脆弱
但无法摆脱爱恨交替的世风

你以鬼的人态拒绝神的纯粹
我发现，人靠得太近
结果不知道谁备受尊重

污与净，悖行相济
交融时冰与火保持纯粹的堕落
孤傲面对清高，如同雪崩
草根扬起燎原的野风

蚂蚁抬着我蹚过庸俗，混世时
因赎罪失去纯粹而变种

野心是我与狼并存的法则
一种物欲生存的纯粹
如粪便倒入藏金的麦地，食客
又放回餐宴上享用

膜拜还在愚弄纯粹
圣人嘲笑的我也被小鬼嘲弄

你以神的鬼态寻找人的纯洁
我发现，人离得太远
却忘记了相处的初衷

2009/10　防城港

## ■ 悬置的泪

### （一）

晾干被泪粘合的岁月
平台上悬置着流失的瞻望

碗口在堵缺，罐的喉节
蒸发的生态链与水龙头对峙着
脚下枯裂的绝望
贫富被时艰暴晒，断裂
那是生存濡湿的迷茫

背驮艰辛，命运如同龟裂的田
从生的板块跨越死的断梁

电缆穿过掠夺的水域
化肥喂饱了干瘪的蝗虫
紧随地沟油滑入另一城市的胃肠
煮豆的欲火在冰窖里，冻结了
命根失血的伐伤

被岁月粘合又被晾干的
我用汗血空置着生命的渴望

### （二）

果核陷入脱臼的锈齿

从贫地的裂缝蔓延到心的荒凉

寄生的仓鼠啃着墟骸
一河腐败泛滥着一路贪婪的腥臭
玷污的血管被肆意爆裂
谁折断麦芒刺日的情结，裹着沥青
炎酷的浓荫不见世态清凉

我的血还流有些温悯
渗延的天泪绕过了村口的祈望

时运系错了斑马线
绑架的秋麦被锈蚀的镰刀抛弃
叶筋躲不过钢筋的扩张
蝼蚁想救赎堤垸，谁在溃穴
报应土地曾经的滋养

被记忆缝合又被遗失的
我用心泪悬挂着历史的沧桑

2008/7　益田花园

## ■ 外景公园

尘嚣很拥挤，站台在唇齿上
吞吐着都市的疲困
捂住老蝉，喊破烦嚣的清寂
石头的记忆粘住青苔上匿名的滑痕
散落视野，者塞的
沾满城头烟灭抹去的黄昏

天桥上，浏览别人的风景
炫夜背着你，鸡犬从栏下消声
那些太阳花再度昏暗了低垂的追忆
等不到第二次水洗的清晨

不知什么时候，桥的对面
多了一堆废铁，残缺构成的景
所谓后现实前卫的杂念
在裸体广告联播的荧屏上沉沦
熙攘的霓影喷涂一层铜锈
抹去街口的季风，被鱼泡撮破的阴晴
纸屑驻留在散漫的草丛
卸不掉头屑的烦闷
一叠年老的枯叶在长椅下锻炼稍息
狗牵着曲径，午困有些颓丧
支撑着画廊里偷吻的恋人

站在报亭，翻开晚报的早晨

忘了背驰的境遇闪过站台

断臂上一则绯闻被裸奔的城雕败露

有人也揣着我的邂逅

跨过天桥寻找挥手的曾经


1998/8　皇岗口岸

## ■ 错视的天域

侵占的昼夜相互挤压
真实对峙着虚幻
云把山岚压得很沉，海却很遥远
阻挡了天与大地的亲昵

维持是一种心境，无法抗拒
遥远，因思想失去了距离

把相峙扭成断链，风
误解了一棵银杏树与闪电的物语
而我，是在笨驴逃出磨坊时
记忆跌在磨损里听到的

这时，我开始随时针倾斜
又被人从黎明反拨到夜的初始

掰开夜的瞳孔，已破晓
信赖对峙着猜疑，茫然时
光抓住背影，窥测着岁月无辜的表情
错开变异发霉的日食

抗衡是一种心态，无法抵御
较量的妥协与守衡对立

歧视戴着一副愚昧

从背面藐视脊梁高度的卑微

而我，是在颠覆厄运失去忍性时

羊与狼群的顾盼里看到的


这时，忘记了被桶放倒的天空

有人把我从辘轳又拖回井底


2008/11　益田花园

## ▨ 背　影

尾随墙影，夜扛着危楼
通往广场的老街在匍匐变迁

一些泥泞带着脚趾的凝滞
从拐角踢响迟疑的门铃
回应孤寞的是磨刀、修鞋的吆喝
撞破了天井半遮的花脸

那离开鞋的想法因雨搁置
床榻下另一只被困在鞋底的脚趾
愣过发廊媚眼，闪伤的车灯
囚着阴湿的庸俗
躲不及青石板磨损的乡恋

余劫后，故屋塌垮了
守寡的野猫不再墙角叫春
一些遇难的云锁不住空悬的泪眼
轮毂上，雨巷无痕
依旧残留着寻诗的鞋沿

历史放弃的榻下，我
和我的记忆，为避免歧路的覆辙
还被困置在阴湿的鞋垫

越过墙外四合院的屋脊
广场烦嚣的冷叩错了钟楼的长夜
拘留的灯笼走不出胡同的疑虑
只从祠堂左侧闪过思念

从潮汛的方向卷起鬓发
叩首蒙难的大地
那瞬间，踏落的心潮渗入天岸
远涉的屋漏痕慢慢地拾起
脚底搁浅的尊严

我是尾随父亲吆喝的背影
走出胡同，冲破黎明前的猫眼

2008/12　益田花园

## 冬夜无痕

折起冬的云幔，飞雪
穿破冰城一角滑向入冬的床榻
白蝶蛰伏的姿态
完结了一次换季的虚脱

想用寒星的亮度猜臆
谁先踏崩了雪原上狼藉的夜幕

一只虫蛹伸出我的怀想
在苹果与刀刃间剖析隐退的秋空
盘踞在城郭腐烂的内核

楼齿啃破一隅灰暗
像一只煤球弃我投入无钢的炼炉
疏灯瞎编繁星的窗前，童话
开始拼凑入冬的迷惑

雪压垮了，裸瞳的白杨
旧痕上没留下新人伐错的斧凿

班车溅起冰裂的花泥
揣摩着苍白的城光抛出的冷漠
覆辙上孤行的长夜
却蹬脱不了年轮的蹉跎

冰枝的高洁在坠落时
　我用雪的真洁对着地的污浊

一些流泪的积雪
在呼吸的鼻翼之间继续传播伤感
一些封存的心境，难眠
在冰窟里冻成了空壳

冷暖起诉的事态在伸缩
另有一种语境吸引着我潜入诗行
没法解密无痕的哆嗦

一切碾碎的遣词推敲无声
每拉开一段锯齿的街口
果核撞击的足音里
雪，占据了从心路望去的部落

　犁开雪泥，在聚敛时刻
　我用夜的浓虑对照天的空阔

2008/12　益田花园

# ▓ 胡　同

岁月折皱的边缘
乡愁以模糊的对角线插入
小巷遮颜的记忆很矮

青藤蛮横的纠缠
南墙的旧事，屋痕上
铁丝网以前世斑驳的伤痕
庇护着邻居相持的恩怨
往事很近，还在

晚风，在另一头
车铃敲弯狭窄的拐角
斜阳揪住自己的影子，顺手
扔进墙缝的眼袋

行影躲在窗外，牵牛
花很诡秘、慌张
留下被呲喝遗忘的寻人启事
插缝寻找曾经的艳遇
轶事已远，未来

梦，被青石板钉死
觊觎走不出昨夜摔倒的胡同
灯的背影涂满一墙谶语

雨洗后又被日光暴晒

蛐蛐蹿出灶台，狂吟
吓坏了狗叫的月影
事故还夹着儿时恐怖的故事
来不及打更，悄然躲进
闺女藏踪的梳妆台

外婆打开繁琐的后门
远近的往事夹着上世纪的我
陡然，从墙缝里赶出来

2007/5　益田花园

## ■ 日浴・魂殇

一夜海潮后，那个幽灵从云缝里逃了出来，没等到神的旨意，便肆无忌惮地躺在沙滩上裸浴。旭日初升，雄鸡忍不住在追问：上帝死了，灵魂在么……

（1）

那潮退的晨光又被溅起

从地平线直击远古，直奔夸父

我还在孕产、阵痛

想用海贝的空壳触摸夜的子宫

为刚离去的幽灵解脱

丢弃在荒岛上的那盏孤灯

让大海再次楚痛

是我最后一只临产的海龟

挣扎在礁石上，激起涅槃的狂潮

日浴，脱壳的魂殇


似明如死、似暗如生

灯塔重新移植海市

脚底的沙砾溅漏着天边的星

招魂的云，忽近忽远

近得猛击在心房脱离的峡谷

拍岸的凝望漫过星空，收回远山的颤音

弓着城影，出窍地撑起椰林

海天如钵、如镜
荡涤昼夜隐遁的生灵

一片滥觞，史前的沙滩
挽着溺水召唤的雄鸡和楚魂
在一个冬天，盘古没醒来
雪在融，淹过狼外婆敲门的早晨
扔掉苹果，揣着冻僵的蝮蛇
脱掉冬日遗弃的荒原
还有倒挂在鱼网上破烂的八卦易经
从眼唇之间重演
勃起旌旗上滴血的图腾
乘苍凉如海，晾干
地平线上的裤衩
女人、乌鸦和草鱼穿过的笼城
我披着父辈头上的荆棘
遮着地躲过失去草帽的酷夏
直到墓地、绝育的黄昏
海魂在椰林重现，唤醒启明星
不再用鸡血续写黎明

这是某一天，吉日凶时
有光啃伤的地方，阴魂没死去
公转的地球正与某一个细胞核相撞击
阴影擦亮了灭迹的琥珀、物种
冲破紧箍，变成猴孙的毛
在逆光的体制下交集衍生

篝火旁，我以猿人舞动的龙
灼亮遗骸的姿态与沙粒上光的灵性
坦露放荡的自我、意志
在一种超自然中冲破邪魔的禁欲
如同荒原的狼嚎、猎杀和掠夺
拔起原始丛林的植被
从女人的胴体到男人雄起的发根
都释放着归属自然的野性
这是我从屠宰场出来，某年某日
杀戮的喉管上冒着血泡
眼泪沸干的生灵之海
为缄默的海魂祈祷，重启天轮
重构日冕上涅槃的炼炉

脱掉太阳的裤衩，我想
让经幡不再消散
暴晒在骄阳下有片虔诚的树荫
或暗藏在地窖不再腐烂
让萤光更自由，从此黑夜不再着怯
裂痕上被愚昧抽打的凌辱
在昭雪前，让长满荆棘的臀骨
不再扣留断代的年轮

从地摊上赎回我的尊严
那些被自己践踏出卖的意志
那钟楼悬置的空茫、迷虑
连同遗漏在广场上匍匐的耻辱、卑微
被屠刀塑成沉默的羔羊

这一刻，袒露有些莫名的惊悚
被炉火烙痛的胎记
沿着后视镜延伸成断代的弯曲
像岸边那片早熟的葵花
妄想日后茫然悖行

星翰之下，碧海如勺
礁石以嶙峋的姿态向黎明宣言
那横躺在沙滩上的我
用一粒沙、一滴水，唤醒旭日之魂
让幽灵启开上帝重生的纪元

（2）

此刻，是夏季最长的一日
最酷的天公抱着《诗经》审判
狂犬吞日，静观的沉默
却掀起奉日又遮日的波澜

谁用物欲想阻止金融海啸
如镜的海被硝烟染尘
所有冷热的世态都在商海里沉浮
暴风雨前锁住火山
期待牡蛎孕沙生珠的传奇
炎日下最真实地体现裸露的灵魂
一手捏着水沫，一脚暗礁
追觅企鹅嬉戏的浮生

赤裸的我横卧在沙滩、广场

躺在鸡的孕妊里，用梦联通现实
面对朱门酒肉的电视广告
刚刚病死的马仔、工棚旁的卖炭翁
面对疲卷，齿轮卷不起的早晨
四肢生锈的黄昏和被沉沦磨损的眼球
拷问，光驱下葵花原本的意念
拷问，污垢如何蒸化了海蜃

面对起伏的航海、原野的亲近
面对拥挤的车站告别邂逅擦肩的情人
拷问所有的拷问，脆弱的芒
紫霞何时脱离了和旭日的关系

我为魂归之所赋予一个新名
"笼城"命运之轮滚过时
让我独自承受严酷，逆向乞行
从头颅，从屋檐轰轰碾过手心
串起一个蚂蚱、三只螃蟹
爬向万枚核导弹悬挂的领域
为忘却的和平放生跳蚤
为沉默的争战拯救、唤醒
裤衩里忘恩的本性
骑着九个太阳去觐见夸父与上帝
只带母牛和一群蝌蚪
在洪荒浩劫前，登上方舟
放弃灵魂的新衣，哪怕是失去肉体
失去储君放弃江山美人
失去高贵的权威，牛仔裤上

只剩下压迫的雄性

预言触发的那天，盲道上
覆巢的我被陨雨击落
麦芒刺痛的灼伤、一切
都被枯竭与贫瘠制造的温床裸露
黑夜倒在自立的影子里
眩晕的是葵花无法逆转的信仰

（3）

扛起太阳的裤衩，被雨淋湿
我想改变人流隐形磁场
在脚底粘连的绿痰上竭力避免咳嗽
让幽灵抱着纸屑与广场安睡
脱离环球，颠倒地心力
鬼神不再被磁化，让人性更神圣
犁开的心田不再失去萌芽

我以雪域的圣洁、珠峰的姿态
血性地昂起芦苇的尊严
以立法机构私生子的身份表明
没有头尾的笼城，不真实
没有衣裤的文明，很野蛮、更虚伪
没有日月的行为，不光明
灵域之巅
暴露比掩盖更真实

我的手心，触摸过女人和神的额头

是权欲的快感滑向罪恶的咸手
我的耳膜，贴近过天籁也闻过地狱呻吟
是孤狼回应夜月最后的长嚎

我的生殖，隐含着萎缩的体味
模拟过凤凰涅槃飞天的舞姿
我的皮肤，显露着烂尾鱼一夜的情网
长出荒废的桅杆、轻浮的铁锚

我的手指，挽救过炼狱的沉陷
我的乳房，滋润过废墟的重生
培植过流水线上失血的月经、断奶的胡须
扛着命运在流浪中追寻心历

翻过海关，走进农贸市场
讨回的尊严又被权贵的傲慢所唾弃
被浸泡在试管里延误了良知
走进幼儿园、精神病院、屠宰场
找回猴子臀部上憋红的湿疹
流浪的童话在积木中玩捏着报废的时局
皇帝新装还在开裆的网上流行

以解脱生命的仪式跪下
祈求圣明脱去灵魂干瘪的皮囊
斑马线提起我进城的裙带
携着诗人、时代和三点一线的虾米
与社交的舞魔昼夜裸奔

（4）

羞涩的我，一丝不挂
躺在股海的泡沫里，与李白对饮
躺在情人的香体里网聊
和一首高出千丈白发的蹉跎

异名者挂在铁丝网上
奔命的拉链涨破拥挤的城铁
大厦雄起的人际丈量着勃起的权势
从酒吧溅起行乞的奢望
怜悯，俯伏在别人的隐秘处
在决策者怀孕的岩石上，那些
谗言经历的重案、商机
支撑着遗产契约里反目为仇的官运
豆渣构建的工程，潜规则下
出卖了廉价的灵肉
献血输错了杞人的诗句

从发廊冲出一个团的光头
叫我留着前清遗老的长辫串演傀儡
结发起义再煽动一次哗变
仕途上却忘记了厚黑学的台词
谁见过我的卑贱渗透红灯
交易与灵魂焚烧的堕落
被贪欲抛在处女膜撞破的玻璃墙下
作为跑官、裙带关系的基金
网拍买回颠倒的原罪

我的裤衩丢了，整个冬季
都戴着假面具参加大厦落成盛典
拜会原始公社的诗人

（5）

跳蚤抱住指尖，我在眩晕
绯闻拨痛了文字复活的神经
我想，在火星开掘一段移民的通道
让血肉的尊严更有生存的天性
骨缝间不再留有代沟怨恨

我在人造丰乳上涂上防晒霜
让唐俑娇艳得更有弹性
我在移植的眼膜里颠覆自恋的博爱
那皇帝的新衣和裤衩一样绿
在潜规则的舞台男扮女装

我的裤衩空荡着大地、天空
擦亮了岩石幽暗的内部
我的脚尖会依恋地球的颤动
即使曾倒立前行、失足深谷
我的眼神也会洞穿神灵缄默的旨意
即使曾蒙蔽过天使、良心
沿着一双丰乳一堆的肥臀
摸到光的元素，燃烧的语言
朝向日葵的体内蔓延
被祭神拥抱又被信念所泅渡的我

从佛龛上撞毁光的暗物质
高粱再次为国殉情

一只家养的耗子和野猫
守候在我病床前谈判、考量
那些透明的血性站立成内裤的主宰
生锈的骨髓如何修补
怎样割除脐带上母亲的隐瘤
溶进城市的功名，雕塑上
两扇思想合用同一双瞽人的眼睛
却总是迷失预言的背景

我以禽流感公鸡殉国的形式
啄破尊卑之间隔膜的护栏
也许太阳就是太阳，公鸡就是公鸡
破晓，不一定是殉难的黑暗

(6)

那灵魂，因阳痿参加婚礼
蜕变成抵抗外星人入侵的英雄
那魂灵，因软弱逃避审判
被打入十八层猪圈，混进愚人国度
那灵魂不再垄断天庭
在铜钱的背面切割成贫富的断层
在当铺、收容所和草露尖
堕入火葬那次飘走的大雪里
以纯粹穿过冰尖的漏洞
逆流的思潮把崇拜灌成红海的偶像

飘过塔尖的云为我
仿造故宫做了一个鸟巢，崇高
只是一种堕落的空置

只想透过我缝合的裤洞
弥补缺钙的天空老人斑的臭氧层
救赎被罪恶致残的乞童
堵住海洋架上喷井抛弃的火焰
让环球从此冷暖大同

只想透过我灼痛的伤口
在法庭而不在贪婪的餐厅上
与敌意展开协商、狼与猎人共舞
以补充国运缺失的维生素
烤熟人格、作为最后的晚餐

不再关注人与神的分界
只关心物价和股市、美容的麦穗
不再吝啬爱与仇恨的透支
只关心旅游、环保、保护动物
黄金、美女为何变性的缺陷

我只用我丰硕的臀部
包容一切仇恨、阴谋与贪婪
赦免罪域里死的忏悔、生的堕落
我只用和平萎缩的橄榄
原谅误解、偏见、毁谤与谗言

谁在维系疯狂的断想

在粪土与麦香上萌发外星文明

让稻草人坐上奔驰兜风

我只想用耕牛的泥腿

踏平城乡的差异，拆毁尊卑的围墙

所有窗栏上生锈的隔阂

使人性回归到春暖的鸟巢

但是，那鱼人的图腾早已远逝

海啸无法抵御

从贴近地心的灵域上喷出预言

那太阳伞下有一对亲吻

戳起博爱天下的鲜红

（7）

某日，生让我想起死

有位跳海永生的先驱为普度苍生

让海龟们前仆后继

我以鲸鱼隐去鸵鸟的形象，赤裸地

穿过每座村庄，穿过街道

带着没有躯壳的魂灵，一只鹰

告别世纪最后的晚宴

拜访无人岛上最早的圣人

我只是光驱上尖叫的猫鼬

颤音边缘的草根代言人

幽灵从哪里来又到哪里去

只听到心跳告别了神龛

望着末日的天空最后一片云狂想

贫瘠的山梁最初的路远行

随夸父而去，涅生

用我的名誉回报你的尊严

用你的高贵换取我的卑微

在岩层之间，像火山

呼吸远古的地气

抚慰水的灵韵，维持冰山的刚性

重新擦亮孕育海星的晨曦


也许是寄托半坡村人的遗志

也许是龙雕图腾与洛河的传承

也许不是预言中的荷马史诗


所有读过我的傍晚和清晨

山川、丛林覆盖的隐喻

所有文字间隐形的异名者

和正在读诗的小姐、先生们

脱掉幻象、悲欣与人类粘连的衣胞

脱掉吧！可怜的傲慢与自尊

死神降临前干瘪的躯壳，脱掉

不属于历史的历史


一只候鸟从玻璃墙上撞击天空

反射的事态开始崩裂、剥离


我抖落眉唇间潮水与铅华

却留不住世纪的流沙

我洗尽沉迷却陷入大海的沉虑
只留下裸体意志、裸体现实
裸体的人生和风尘一起裸奔的爱情
一个赤裸的男孩从我眼前跌倒
谁去扶起曾经嬉戏的浮生
每一个裸露的精子，命运在关注
从母体裸出，像跌宕的海潮
裹着嗣子涌向腹外的晨曦

飓风经过后，那幽灵已出窍
从纸船焚尽的彼岸偷走了神符
没等到太阳的懿旨，便逍遥自在地裸浴
那还魂的浪从礁石上涌现
再一次撞得头破血流
繁星溅起的晨光仰天狂啸
那夸父之子跨过地平线隐没的阵痛
上帝死了，灵魂在么

1993/12　初稿
2008/10　二稿

## 滤色的梦韵

儿时总爱梦想，有个叫父亲的同样爱做梦的男人常跟我讲起周梦化蝶的典故，眨眼间，几十年过去了，我用尽生命的一半时光重复着这种梦的演绎，寻求一种心灵与神灵同床异梦的解读。

不知道女儿梦里的世界是怎样的，但愿后来者的梦不再有战争、贫困与灾难的阴影，少一些怪诞与荒唐、多一些灿烂和浪漫。她的梦里有我的梦么，我只知道，一个梦缘不醒的后裔，她也将用生命的一半时光重复着我曾经的梦，重复着这种化蝶的演绎……

# ■ 白·凿空的物语

　　那惨淡的自白一直忍受闪电的干扰，空灵失去磁性，被原罪掩盖的纯粹又被白芒重新覆盖。纯白，蒙冤时，你还会坚持贞节吗？

空白是磁性展开的苍穹
一张晚报扔掉的寻春启事
被雪片隐瞒了沦丧，蛰伏的树阴
读不懂溅落的物语

一撇一捺的云滚过盲道
从两端虚脱之夜错戳大地
篡改移情的传说
盲目追从一地白梅掩饰的奇遇
飞白上，立成童话的雪人
复印成阴霾的白皮书

光影，在污点的背面
不见羽化破碎的纯粹和空想的白
一夜间翻悔了冰封的疑虑

不代表任何寓意，是本色
一切空白递变着空白的一切
贵贱贴在贞洁的边缘，有些瑕疵
挪用赎罪的留白淡描殉贞

凝虑的空旷之上
白浊遭遇白痴的训谕

暗处，行色不着文字
晨烟托起纯白弥补不了暮钟的昏暗
野史玷污的无字碑上，圣洁
竖不起笔尖磁性的诏谕

蒙冤，重新被新闻表白
那惨淡的昭雪一直受到闪电的干扰
苍白掩盖不了无痕的物语

2011/4　洪湖东岸

## ■ 黑·犯忌的幽暗

　　那幽灵被上帝自己违背的意愿所抛弃，当阴影逃离黑暗时，触及不到的谜宫又被魔杖无情敲碎，我躲在瞽人的背后忏悔，黑夜，你会宽饶一切吗？


青光漏判，从盲人眼里攥出
一种酷似墨又被昏暗磨光的幻觉
恰如墙缝射出无影的紫瞳


谁让风一直误解夜的漩涡
把痛失的追忆撒向长空
谁让黑蝠总在失明的城光上猜忌
背负流星，当磷光逃离黑暗时
阴影触及不到，羽芒
从矿洞吹醒的火种


黑土被整个黑雨腐化
在闪电上，撕漏沉寂颠覆的飓风
从指缝间伸出的冥想，让我
看到了黑子遮日的冲动


黑蝠偷探天威，魔杖
支撑的教堂叛离了庄重
废除的神灵藏在黑袍立柱的背后
但丁打开井喷的地狱

我看到光的尘埃在探明的心境上
把吞噬的救星倒入鼠洞

谁让黑土总在失镰的季节
依仗田鼠的视力播错了星种
谁让尘沙总是凿伤黑瞳裸露的正直
撬开地壳见不到火山的蠕动

光的内幕上历史重患白内障
半眠的红烛扣错了启明
背离的夜，开始在黑芒上颤抖

2011/5　洪湖东岸

## ■ 灰·失禁的心虑

　　如果能冷却炼炉的狂热，煽动狂热的冷漠。即使跌入深渊，我愿化为尘埃，灰烬，你能复燃曾经的希望吗？

沉虑是雷鸣前的失禁
一段闪电蔑视的天域，破晓前
雾在眼唇间遮蒙了灰土地

变节的色相里，光已失忆
以启蒙的林曦替代阴霾的愚钝
许多闷不住的灰心
像锅底上板结的生存积郁
无需用懒惰理喻自闭
谁相信，失聪的历史被聋子垄断
罅隙了，灰暗笼罩的莽原
白炽与黑垢只差咫尺

衔接冰火，雾失的图腾
在对抗的裂纹上演绎腐朽，蜕变
形而上分不清黑白的本质

盲道上，明暗在伸缩
所有是非都重新颠倒质疑
狂热的哭变为冷漠的笑
复燃的灰烬重铸了篝火遮隐的星迹

失色是一种极端的调和
叫荣辱升降，又将生死回收
一段灰色的放浪抵达不了佛岸
尘埃还在炼炉上沉迷

城光中，行色很欺蒙
瞬眸的日出画错了莫奈的心虑
印象又返回晨雾的大地

2011/4　洪湖东岸

## ■ 红·喋血的弥撒

喋血在弥撒，失血的伤口用旌旗的一角扎紧着流失的信仰，然后，静静地躺在大地的裂缝上，红缨，你会让伤口愈合吗？

点燃周流，烫皱天象
燎原一直认定旭日颤动的旌旗上
鸡冠是隐喻的曙光

沉疴的岩浆，赤潮重新凝固
把狂热灌入复辟的山口
流亡扩张疆域，战争还在别处嚣张
血浪释放的自由、人山旗海
燃烧成橄榄重塑着英魂的铜像

丹心在黑麦的灰烬里冶炼
血管萎缩着意志的膨胀
击穿信念的耳膜将鼓手重铸
只因红唇愈合了沙场
竖起另一国度
倒下的英灵原是风暴失去的云幡
却敷衍出喋血成瘾的蚂蟥
那饥寒的灵魂在图腾的背面
伪装成屠城乍现的磷光

血色裸奔的悍马，带回旷野
视觉、旌旗与长笛重振广场的悲壮
沐浴扬起一道晚霞的合唱
易旗在歌剧背景之背，临床上
失血地撑起先躯的脊梁

麦尖有些滴血，扎紧红尘
殷墟又被旗杆描绘成弥撒的蓝图
磅礴已潜入殉难的朝阳


2011/4　洪湖东岸

# ■ 黄·残照的沙漏

为了名誉，一粒沙金以卑微剃度夕阳，高贵被出卖，流金开始沙漏。黄昏，你不觉得可耻吗？

驼峰上，沙舟将要西沉
从枯骨的滴血声中无法确凿羌笛
吹不断的是流金的古丝绸

羊角擎起烧焦的月光
从干裂的酒杯再次闯入塞外
敦煌穿过辉煌，驼铃
弥散的沙暴涂改了沙场点兵的秋
血色在挽回风干的遗存
我躲避奴役，重勘楼兰的奠基
高贵虽近，而卑微很远久

琵琶没让偷渡的梵音搁浅
风骨却还在马革上缠着塞上风流

锤击的戈壁被驼峰引渡
沉戟垒成锈鞍时，遗失了
久远的风车还在找寻狼烟的风口
我转过身，叩首皈依
背向沙丘直逼残照的殷红
受戒的骷髅默然匍匐

雁在招魂，而白骨已腐朽

除了黄沙，被旗杆悬挂的夜月
早已罅漏了岁月的所有

2011/5　洪湖东岸

## ■ 蓝·凌空的心雨

　　一滴水砸在莲台上，那颗嵌入天域的珍珠，一直想回到海蛎里，蔚蓝，你会让比目鱼飞翔吗？

光的那边，星云在遨游
以鱼翼的名义巡视一段澄清的环宇
躺在睫毛上，泪擦伤了天

背向过去是前世的转身
从天线上潜移的背景遭遇稽延

极光撕裂的冰川，旋转冷暖
翻身的行囊在心历上反复琢磨
远离生死的轻重，羽芒
托起娲石氧焊的天
在洞穿的星空上与海魂高悬
被太阳背驰凿伤的我，刻着蓝光
狩猎一块玄武的浮雕岩
重新丈量大海重叠几层云天

我是在飞鸽离巢时看到的
雨避开丁香，撑漏了诗上的狂澜

当所有起降打开远足的云翳
我用泪的雨、心的风沿紫霞潜行

起伏的心潮，面向花开
只为翼上纯洁的蔚蓝
尾随惊魂，与太阳鸟共眠
瞬间，我以滑翔的姿态寻觅旧梦
空降的雨巷也开始撑伞

返回中，那滴变异的雨珠
还想落回牡蛎，用星辰繁殖骄子
诗情却被挥手的云阻拦

2011/4　洪湖东岸

## ■ 绿·衍生的呼吸

　　是用呼吸唤醒贫瘠的果核，还是像蚯蚓守着腐朽的落叶，碧绿，你会繁衍天堂吗?


面对曾经，砍伐的遗弃
面对冬眠失去树荫与野草的眼神
生息开始陷入城雕的疲困


倒下的瞑目睁对苏醒
当黑暗种植的泪被罂粟无情腐蚀
被水泥框死，面对生的蒙难
莽原上，凝成飘的虔诚


我在寻找果核里琢失的传说
拯救被钢筋压弯的叶茎


当鸟翼划不破海上浮油
鳄的眼泪难已挽回抽干的枯井
植被的呼吸让毛孔窒息
乳齿上谁能扭转电锯啃断的果林
当生的疑虑还在涂炭中钙化
绝迹的是琥珀人性


我在追究云翳间传错的空难
挽救漂瓶上失航的海魂

不想让遗漏的阳光变成花环
哪怕丧父般地长跪在墓前
我会在干枯的花泥上留下一丝鲜血
沿野草去祭奠荒原的苏醒
我会从果核里爬出来
守着枝头最初和最后的太阳雨
避免大地流失的爱情

半途萎缩的蚯蚓，在想
换取大地所有的呼吸，即使柔弱
也要扛起板结的丘陵

2011/4　洪湖东岸

## ■ 紫·兴亡的炫示

被高贵赋予又被死神玩弄的，那些演绎历史的兴亡，灵智的玄冥会重新复活么，紫气，你会拯救人类的天性？

地壳在运动，砸落天枰
我用紫光抵御地裂，夜还没醒

沙与星云间，蹉跎在质疑
生死将怎样缩短永恒
那些被我砍伐并培植过的花之魂
切割的意志无法再移植
为赎回原罪谁在耗磨性灵

图腾之变，从另一形态崛起
避开孤狼离开悬崖时，鹰冲破苍天
复原了紫瞳的原形

岩层间，呼吸火焰的潮湿
那些被我猎杀也保护过的濒危生灵
在猴子摘不到的长臂里
所有的贫血全都停止了行乞
唯恐遭遇洗脑的掠侵

失魂，以另一种萤光活着
折翼的秉性在狼牙之间屈身舔伤

追星一样顾盼着飞升的龙庭

厌弃鼓声、风的啃骨声
警惕霓虹里剑舞光影
带着玄冥的紫气跌入紫癜、屠城
等待从坟墓爬向喷血的沙场
竖起另一国度的石陵

直到似蚂蚁又似玛雅的人坚信
活着，站起碑里的生灵

2011/5　洪湖东岸

## ▓ 青花瓷·题款

磨损的年号，高仿在题跋
破碎的国体无凭考量

元素倚在独白里
青花的冷，期许一个蓝
哭笑的人画不尽破碎的国殇
狂草在黑白间泅泳
明清剩余的跋款，踵碎了
佚名者无绪的沧浪

真伪是隐士的写意
题名时，总爱芭蕉习墨的风雅
漆色的残迹，书谏在考察
掩饰了文字狱的荒唐

颜筋，刮瘦的屋痕
只因安史之乱遗留的裂口
一幅古今绝笔暗藏着兴衰的世相
官场上，文人缺柳骨
诗从禅院下来
落款却带走了残阳

野史的题款，是真还是假
蒙蔽的现实错戳了鉴赏

2011/5

## ■ 青花瓷·山水

酒载的山水，空流知音
拨不动冰火相悖的九重天

色的深处是空，釉彩上
天淌过一地春秋绝笔的丹青
是比江山从容的红颜

瓶颈插漏一案谶语
谁的高远横躺在范宽的溪行上
烟波皴成云外峻岭的清冷
孤赏一笔流金的残砚

青峰，不厌后人独坐
无奈智者的山不是乐者的风水
但叠成野史塌毁的祭奠

瓷口嚼缺的半壁龙鳞
囚着身外的关山
云裳破损的铜镜被风流遗忘
知音是前朝的夕颜

谁的江山被藏家搁置
瓶底颠覆着明清难辨的年鉴

2011/4

# ◼ 青花瓷·楼榭

踏湿夜的秦淮，清照
异乡的弯月潜渡着斜倚的楼榭

视野被沦陷，生烟的
浅斟在飞檐下，斜挂一江笑傲
瓶中的客不醒酒后国色

沿着釉底一羽稀薄
白鹭穿过镂空的指节
青楼在瓷色上凝成塌陷的清霜
推高了月下禅房的租借

藩篱沿着瓶底攀涨、盘踞
寒士望着广厦踏错了冻骨的朱门
一墙千秋暗度的名流
后庭的奠基没有铜币按揭

幡上一剑豪情，飞檐外
红杏终归缱绻了西厢墙外的春夜
雕栏一时毁于唐俑的艳遇
避开围城诗人去走穴

梦醒深宫，红楼在违建
仿制，篡改着历朝换代的年份

谁沿袭了册封的便捷

名家已在题跋上付款，交易
赝仿的我还在篱下签约

2011/5

## ■ 青花瓷·人物

红尘一笑，隔岸拈花
高洁原是佛陀捏成的胚土


瓷外，羌笛唱裂冰河
婉转了秋叶扫长安卷起的丝绸
西岭独钓的刮痕
便是敦煌飞天，剑裸的残阳
谁了结了塞外的恩仇


玉樽上盘踞的云龙擎起我
功名是骚客下肚的酒


涂鸦半载秦关、汉月
无需问津竹林是放骸的七贤
轮换霸王别姬的戏幕
谁将屈子鱼葬
墨的沧浪泛滥了风骚的霞
人去已成谈笑空橹


谁为功名剃度，怀古时
潜入弱水的叟者不再垂钓泛舟
牧童狂书的酒名
换成了祖父隐居的牛

风尘弹指，终归是一捧坯土
历史能否再回民窑炉口

2011/5

# ■ 青花瓷·花鸟

啄开幽蓝，花絮暗度
茱萸在瓶口上相思又几重

青莲从天池遗漏
补天的女娲含错了昆仑雨花
红袖无绪，青芒的一隅
沉眠了旷远的唐宋

鳞上，空许林逋的梅影
偏安一阙玉砌的残梦
翰林的雀巢无辜囚禁了徽宗
分疆的瘦金体
抽格了飞天的枭雄

旷野的瓶颈一袭秋波
滑落成现代抽象泅泳的龙凤
些许现实的慎思，在追捧
朱雀上，绝尘的王朝
几度天下为谁轻重

民间无从考察官窑的污染
被假花插成史学的平庸

2011/5

## ■ 青花瓷·云纹

色缠空，天行错了云
隔世的意象被画框禁锢
而我只是龟纹，在寻找裂痕时
陷入了官窑的崩溃

龙袍上，沉浮堵漏流金
烧成的网纹失去了鱼
那些纹饰正巧瘦成徽宗的金书
在祭皿上沦为遗民
名垂野史仿制的吊诡

而我只是龙纹，在汉鼎流失时
塌陷了功名评置的濒危

色空在转换是非、虚实
一抹云烟改编了一梦樵夫
还有一笔国色烧铸了几代国魂
传承着百年遗诏的孤寂
只留下祭祖的敬畏

而我只是鸟纹，在飞渡沦落时
逃离了陪葬前山鬼的追尾

结果是我，端着避世的残片

沿崩碎的朝代为艺术行乞

那残片上，蝙蝠与萧蔷轮换风骚

背着我与野史越轨

2011/6

## 悬念的空门

三十几年前，对于诗情的隐瞒，曾感觉过朦胧之"痒"，
有过一段揪心之感。关于门的意象与禅悟之门，想起了湘
西吊楼的陈旧斑驳之门，那是二十年前我创作《门·系
列》艺术的意象，已是遥远而朦胧了。

那种虔诚的揣度与放弃，我该用怎样的心去承载、去徜徉
诗海？窗前，风雨的夜晚，我的顿"痒"也变成了渐
"疼"渐悟，一种透过人性的罅隙，化蛹的心被卡成诗域
间的疼痒。如同文字的人生隐瞒潜在的罅漏，而我只能在
门缝的臆想中阐释与精神世界的契合。

## ▉ 书房门·静观

午后，独坐书斋，品读《昼信基督夜信佛》。一扇门开了，另一扇紧闭着……

并不在意，置身何地
何时，坐南还是朝北
处世在无需宽容的方丈里
坐禅的傀儡扶正了时针的摆动
一扇门敞开
另一扇紧闭着虚空

斗室的东侧，维摩在
念咒，独自诠释佛国的天文
抖落蝉鸣，尘埃正游动
光影随蔓藤绕过西墙
吐露的清贫正给缠缚的生态洗濯
恍惚还俗的返照
有人在昼求基督，夜拜佛
一扇门，在死后入世般地关闭着
忽然，光隙被磨缺
抽筋的梦在风里生痛

置身何地，禅不在意
坐伤金龟的脊骨连着神经
通灵从星云的某一维度、某一城池

到某一废墟的窗口寻踪
那画框里的皈依
面对菩提树下伪装的书斋和我
影子坐在镜子当中
夜喝咖啡，昼品茗茶
一扇门，在生前出世般地敞开着
红尘对流的西风重演如来
分裂的星坐空了黑瞳

不知何时，坐西或是朝东
避开身后的冷眼，在壁钟扶持下
对峙，空荡荡的
午困在两扇门之间晃动

2012/5　仙湖弘法寺

# 候车厅·迷离

——春寒三月，因公差滞留在玉林市汽车站有感

置身于喧嚣，候车三月
匆忙隔离的玻璃扇开窒息的潮湿
离异的天光从另一侧暗下来
守候，便成了人流的趑趄

我以过客的身份再次置身
静观曾经置身的境遇

换位的过程，玻璃墙上
某一时针的停指向某一时刻的走
一种陌生的悬念，熙攘地
演变成电视亲密的专注
故事里播放的事故
没有擦肩的遭遇，只留窗口
回放着"一个人的车站"
小城纪实的变故

羁旅曝光的行影，仍然
用去年的旧报刊盖住顾恋
被落叶卷起的告别还在侧身移目
这时，街头闪过某人
某一城市某一时辰的巧遇
我等的人，也在一个人的车站

某一天也许，也在等候
重播这邂逅的一幕

置身这一隅围观的结局
依旧以羁留的名义再次延误

背光有些恍惚，离意
从折回的玻璃门上来回撞诉
潮湿专注的另一端
开始变成车灯前的迷雾

2010/4　广西玉林

## ▓ 双重门·开关

开着或关着，都尘世经年
从不同的角度接纳同时在拒绝
隐晦，直逼猫眼的猜疑

有铁门、木门带着锁
一些预言斑痕似的在脱皮
门槛上乍然锈死的昼夜
挂着一些情感、神态与今生相离
有单门、双门折叠着失忆

不同的觊觎有不同的境遇
不同的人事、音容与前世相继

欲念，从门逢去向不明
不同的场景有不同的相似经历
有些挤压反叛成禁域

出的进来，有些理喻的感性
进的出去，有些抽象的具体

我知道，夜与夜有不同
暗藏的视觉、体味与听觉也不同
躲在想象之门的背面
形态以及气味也有差异

过去的，接纳了拒绝的来
未来的，拒绝了接纳的去

有些触遇和眼睛，在门逢
在另类现实中错视了庭院花落
聚散的是挥手的云翳

当敲门的触动开始体验
抽象的夜一半开着双重的语境
问津，谁能敲得准时

2012/5　仙湖弘法寺

## ■ 大宅门·隔离

作为没有门的那只环
敲与不敲都是寻常出入的挂念
作为没有星的那一夜
亮和不亮已是梦醒的明天

因某一次锒铛的警示
驱邪立错的茱萸斜插在门环上
修补未过门的往事，墙缝
被窥视掏空，闭塞地张开颓废的猫眼
那灯笼认出了狗的故园
反扣的沉默从锈环上漠然剥落
所有的掌故都已尘封
过往的我与后门前世无缘

打开白昼，春封闭了一檐梦境
关上黑夜，秋散发了一窗月眠

囚困等不及起诉，抗庭
被打乱的阶层又在立柱重建
门环上，风尘失去裂痕混淆的属性
锁着故事外围的往来
沿屋痕残存一些金属的夜片
空的手执开始移位
隔离，已成变迁的体面

作为仅有锁孔的钥匙
没法换门牌去启示市井的封闭
开与不开已是虚设无言

2012/4　仙湖弘法寺

## ■ 旋转门·尊卑

嵌入玻璃前，窥测的窗影
在半透明的尊卑里隐去
背景按照吊诡约束的夜开始分崩
折成后门离异的行踪

一间通往另一间的反光
藏着真相的阴暗被修辞整容
面对奔波，以假寐的姿态
滞留一些疲惫在公交车上朝夕拥挤
雨隙间，城雕被尘器洗礼
绯闻不安的客厅里
启事的寻人被迫失踪

门叠着门，所有的门
也叠着迷惑的表情与迷奇的街景
来回射漏一段插足的沉重

一束虚假奉承的玫瑰
因爱的理喻也在重构清纯
超现实的羁留被复制成古典移民
一些感动带着麻木变异
在镜子背面与艳遇的对话中
咖啡品错窗外的行色，云
已退到隐喻的瞳孔

不要介意恭谨的背景

那些卑贱貌似莫名的高贵

出入同样是一种心态，屈尊之时

自己被自己推向对立的门缝


2012/3　仙湖弘法寺

# 玻璃门·擦伤

污迹以抹布触摸，窗外
纯洁的天空被雨折回，划不清
一抹鸟痕的残迷

世态在浮云上流放
涂改的底线被风尘意外突破
透过反光擦干，又模糊
飞翼上潮湿的回忆
一段旧事折断一排维新的即景
雾气过滤的清冷、静默
隐瞒了对面的猜疑

斜视从广场的后街走散
虚拟着过往的曾经
玻璃的反射不关现状与未来的事
如同苍蝇撞击遮阳的窗梯
行影在琉璃下围观
每天都被广场彻底清洗

只剩一种错视的姿势
置身着别处浑浊的清晰
隔离在两重语境间
迷惑的迹象还没有被风彻底抹去
窥视想躲开透明，自我

一转身，现象从印迹中破裂
完结的雾都悬空的谜

窥测一时混淆了天穹
有人从鸟痕里弹落，我折翼的芒
抬不起奉承骄阳的头臂

2011/9　洪湖东岸

## ■ 电梯门·猜疑

出入在盲动，被截流启止
有些离去又贸然进来
狗牵着城里的人，承受生活的宠
时刻又面对挤逼的陌生

冷漠在停滞的透明上
监控的安危时常被人悬空
表情被地位牵引、升降
矜持前后遭遇着上下神情的尴尬
局促逃不脱狭窄
所有的压迫源于隔阂的生存
贴着沉重，猜疑的后面
潜规则是一种默许的攀升

一些停留，离异的等候
在楼层之间漠视徘徊、送迎
一些闪失的背后暗藏另一类窥测
与封闭的自我始终折腾

探井，正经历沉浮
超然的行踪里，懒散在留守
那三点一线的忐忑一层层在磨损
窒息着变态与性感、骚动
错过了体味和触觉暗示的艳遇

挤逼处处陷入围困
又被交替的形态莫名延伸
习惯每次揪心地离场
事后又被好事者肆意修整

进退每天都在维系，于是
面对楼梯拐角，陷入揣测的窘境
不管是接纳还是拒绝
同样在过渡遭遇的人生

2012/4　仙湖弘法寺

# ■ 卷闸门·转折

困卷，攫住阑珊的背
一些现象待到转身后开始变异
无绪的选择又一次停顿

不同的门撑着不同的夜
以挤压的事态卷起交错的街景
卷起情欲与喧嚣的囚笼
同时关上打烊的自闭
风尘挤进门逢，灯影在自虐
心境又一次被黑蝠倒腾

隔绝，这一转换的过程
充满思哲，规避在含铁的契合里
挤压的委屈被贪恋所迷困

那些偏见面临夜的避讳
扭曲的矜持垒起自闭的沉泅
是宽容，还是狭隘
质疑越过封闭已接近伪装的牌坊
一些墙壁隐遁的意象
掩盖了那棵树冷待的门

闪电觊觎的那些情欲
门缝隔离的倒影竟是如此亲近

我在躲雨，正巧靠墙
转身有一些生锈的漏痕

2011/10　洪湖东岸

## ■ 所有的墙都是门

自闭的风避开更年
墙缝被唾弃的雨无辜的堵塞
让轻佻的夜拒绝了深沉

蔓藤爬过凉台，雨檐上
怀旧还在隔阂里纠缠
盲从的云影已断季
乡愁凭借雁阵正在集结
离散压弯了青石板圆滑的自尊
愚妄穿过广场，像金属
回应着地铁的延伸
从儿时的迷藏到手杖的匍匐
朝夕只剩一个背影

胡同的尽头，独自的我
掌灯在静候你，让梦魇停止涉足
想把委屈的腊月拖出沉沦

当一切安静下来，路灯
暗过窗的剪影一样暗过眉心
穿透墙角凌人的斜楞
明早，启事录在晚报发表
铭刻的案桌上爬满了覆巢的蝼蚁
断筝在自寻疯狂

一直想获取半截地平线
以风铃的摇落索回天涯倦客
叩门的星为谁点灯

假如残夜真的自闭了
我怕码高的天空翻过地平线
所有的墙都是门么

2011/5　皇岗口岸

## ▓ 玻璃墙

几何切换的意识，铜雕
想重塑成沸腾的形态
移民的脊梁被笼城的梦构建着
欲念在玻璃墙上延伸

顶着一片攀升，透明的林立
大厦以漂移的姿态倾城

天桥扭弯了天空，背椅后
更弯的云蒙着我的眼帘
一半遮着一半粘连着抽空的偏见
烦嚣在鼻翼间狂奔

翘望飞机轰过烟囱，斑马线
所有贴着鸟翼的心态都擦檐而行

站位是方的，蜗居是圆的
行走的是忐忑不安的多边形人际
地铁贪图的人潮，待泄
走不出三点一线惯性的早晨

金鱼游戏着玻璃缸里的我
坐错了电脑对方的瞳仁

窗景映放变形的故事
冷漠背着脸在电梯间上下浮动
放肆的沉闷，柜员机与空调间
吞吐清一色的白领

凉台上，有人在装饰风景
置身意外的我走进了别人的眼睛

找茬的打卡机随时扣薪
文件夹整理的神经早已负重难忍
会议在不停地复印训斥
只有饮水机隔着冷热的表情

谁在敲打城市的脊梁
我被困惑塞进透明的监控镜

废纸篓避开歧视的碾榨
烟灰缸在苦闷，压破窒息
只有画框上的大鹏还在拼命肩负
热土终会下雪的憧憬

谁的窗口预演了别人的城市
每天与时光错位的心境

2008/11　益田花园

# ■ 城骚作品 1 号

某些树影冥想的背后
鸟巢坚守着屋檐下嚼字的孤寂
并与书斋保持暗恋的不渝

一个谶语衔着另一个词
在雨歇间临窗虚晃、抖落
树阴封存的隐喻
又被萌生的天线折回喧嚣
重新启发，光在折痛影的同时
暗恋变成了巢中物语

那些与星夜连襟的视讯
忘记了被反射成谗言
惊变的霓虹贪欲着广场的幽暗
绯闻躺在荧屏上
天线搅乱了押韵的花期
鸟的移情是书的结局

为杜撰的疑云所困
苹果撞熟了夕阳的期许
那些编纂的境象因虚假已绝风情
卷叶虫咬嚼一些树的文字
隔着梦从滑落的书架上醒来
雏巢期望待嫁的飞鱼

某些树阴背后的冥想，秋后
所有能体悟的尘嚣都在午后失聪
变成另类形态的鸟语

2008/7　益田花园

# 城骚作品 2 号

渐远渐逝、懒散的冬云
挂在树梢被响马牵连
穿过街心的铃风软禁在寺院背后
暗疾作为被告隐瞒了实情

纠结，檐雨一直很愚昧
担忧暗喻藏在书架上被泄露
种子因伤心绝育了沃地
还有颓废的噪音侵占了不眠的啼鸟
沿着午困的斜光向隅而泣
露珠不是蝉裹的音符，因迷困
来不及与围城同眠
弥撒已失去夕照的印证

凝眸在光缆上结茧
留给背景一次曝光的回应
不是白雪的蛰伏、柔弱
纵容了寒夜的虚张
是天空回放的弹痕穿过一排鸽哨
歪曲了衔接的麦芒
远山勃起涟漪的神经
遮屏的表情与失贞的星象
辨认不清贵贱的眩晕

晚烟，被传媒绑架
无痕的纪实透露着萧蔷的嫌疑
花猫想从墙角窃走案情
牵绊的雨敲错了门铃

2008/7 益田花园

# 城骚作品 4 号

扛着寒冬，游离的深重
拱起雪封的天桥，命运弓着我
虚设成夜裸奔的伪装

那些疲困偷走的追梦
在抵制拜金的奢望里羁留
也被时艰跌痛在失态的拐弯处
收掩自嘲的卑微、歧视
瞧着他人的风景发慌

从烦蝉的炎夏到初冬
太阳剃光梦的疯长
思绪蓄着风尘撩人的假发
诱惑在柜台盲目张望
窗栏只能截取黑暗一半的梦域
半截的是囚禁的断想

沿着卑贱的下水道流离
自嘲爬上无颜苦笑的镜框
伪装在别人的牌坊里，维持贞操
是另一类奉不起的神像

苍蝇拜金的时尚被孵化
街头炭化的欲火中，发泄的啤酒

烘烤着咸鱼梦见的海洋

星，射出带血的弹孔
一道弓背的命运喷出一地虔诚
与我厮守在破晓的操场

谁在城楼看风景
赤裸的我被倒挂在路牌上

2008/11　益田花园

## ▓ 城骚作品 5 号

一堵残垣筑起的高度
从禁欲张开私通
凹凸的贫富驮着夕烟绕过废墟
日子被倒挂在辘轳旁

拆封时，枯井在觊觎
蚂蚁迁移的门牌上
人口沿秃顶的边缘放纵生长
果核颤抖的清贫
汽锤叩不醒工棚下午困的老叟
我托着小镇的头在谵妄

拐杖敲落三更，走出胡同
叶落不慎移动藤椅上半日浮生
蜷缩在石板踏裂的雨巷

鸡犬挡住相闻的往来
隔窗的冷漠是远旷的望乡
远比工地上冲桩的气浪还要沉重
返城撞伤的清贫、移民
冲破了篱寄的笼城
遗存的是祠堂供奉的沧桑

核桃砸开顽固的空壳

围墙，在蜗牛的张望中高升一脚
怀旧看不到院外的货郎

那些避忌释放的次声
敲着三更的怀想
城南隐讳的旧事叩着屋漏的雨
被牙颤的夜扔进危墙

失禁的核心里，我被洗脑
突围来不及躲闪历史匍匐的迁徙
而笼城还在果核里彷徨


2008/8  益田花园

# 城骚作品 8 号

绕过十月弥散的寒林
山雾，被抛弃的黄昏牵着炊烟
提前结束了失血的启示

须弥锉断的思域里
雪辨不清风牵挂的酒巷
红烛摇碎的婚夜已被冰枝封杀
露出惨白的游离

以北疆寒峭的叩响，昼
凿断了南方工地上冻结的归期
车泥溅起的冷漠、萧疏
碾过流感拗酸的集市

悬念的尘嚣在飘融
被城南纠结的轶事遗弃
窗台前冰花裂断了白蝶的梦游
童真又堕入残迷

麦田被黑烟淹没，阴暗
却暴露着光的玷污与讳忌
我时常托佛追问万籁笼罩的迷津
如蝶的心思无处释疑

冬眠蓦然一惊，春醒
以冰川的清白淹盖篝火的虚妄
溅落的卑微蛰伏着高洁
滥觞一地冷落的欺迷

十月，萧瑟绕过村口
从蒙日的夕烟上拖回的那片远怀
秋去还挂着淤血的质疑

2008/10　益田花园

## ■ 移影的懒散

闲云，诡秘的移动
浓郁的山雾乍然间消散

谁在抵御浮尘的侵蚀
蔓藤伸展着累赘，迟延的午后
困在斑驳上的墙草已变懒

影子贴近角落，无人
向后窥视深夜渗透的风韵
胡同暗藏的一些预谋，灯熄后
被干瘪的鼾声隐瞒

一只花猫与群鼠为邻
卖弄海报上骚人炒作的慵懒
凉台推醒衣架，劝古榕
撑住长夜庸俗的阑珊

流行语被蜜月泄光
日子对抗着疲软的变迁
墙根在叠色，暧昧斜视的移情
弥散的夏日闪过旧念

花衬衫摇晃着猫眼
调情的风没法领会，因无人拾遗

广告睁大时事的欺瞒

寻人立成盲目的电线杆
移影，却启示无人

2008/8　益田花园

## 隔离如此亲近

——写在特区撤关之际

画了一个圈，用铁丝
网成特色的魔方，口岸那边
虽不是柏林冷战的墙
界碑却让人想起历史曾经的遗缺
铁刺悬置的我几度想越境
留下一个梦，暂住
在公民证失效的边陲

如今，圈地已成虚设
网上还可晒三角裤
一棵歪脖子树早已伸过禁区
物欲开始横流，拓疆
没法插针的平顶房谁能容下衣角
关卡撤了，网址还在
就像城中村的窗棂依旧铁锈
隔阂无人知道
那一天从淘金开始，暂住
避开收容站，歧视
与关口的榕树还有何关联

沿网走一圈，跨过三十年
让人想起阿仔，偷渡
翻越围墙淹死在深圳湾

仿佛三八线还在，向海峡昭示
世上所有如网的阻隔
又会以怎样尖锐的宽容开放
对待歪脖子树
在战争和平相处的边沿
再画地球村一个圈

而今，还保留一张照片
身后隔离带是草铺的监狱
紧靠养猪场，那古榕
随撤关后迁移到了富二代的后院
包括我斑驳的记忆一起
被后来的广告商塑成铜雕
垦出牛背上的诗笺

一张通关证，始终想
从博物馆走出的那一天
何时隐去移民贫富不清的身份
让历史少在关口兜圈

现实，还有些生锈的纠结
隔离的历史是如此亲近

2010/7　皇岗口岸

## ■ 临街的树

危墙的拐角，风在隐遁
缠住那棵榕树的路灯，躲过悬疑
接纳了当铺前野狗的蜷缩

一些临街的诱惑总在隐藏
与红灯欲念横行，轻浮
被尾气排泄的世态流向夜的萎缩
插足的风在霓虹下招摇
站台上，路牌守候着色盲
喧嚣的广场依旧是聚散的冷漠
硬币旋转的舞吧，离开红灯
又被台风塞进银座

假如野狗从门后翻过危墙
路灯下溅落的街影，背对黎明
还会孤守梧桐的虚张么

树阴被黄昏捅漏
晚钟撞在疲惫的南墙上
当铺裸着铁皮，绯闻封不住
后院闹鬼的传说
蚁族避开车轮排成夜市
掌故从护城河里冒出
潜入祠堂，陷入失忆的铜锣

用牙膏清洗的往事

都隔膜着遮羞的冬暮

关于冬青树与临街的那些事儿

缄默着不悔的迁徙

最后遭遇了飓风的封锁


庇护始终没躲避那棵树

遮颜的我，只是

暂时拥有临街浓阴的斑驳


2005/7　皇岗口岸

## ■ 空置的镜影

墙外是静寂的旷远
低吟的寒蝉很郁闷，书架上
花的对面，壁灯不在意
镜子看不懂的从容

　　背影从墙隙飞出来
　　一夜虚晃着行人的迷踪

星空，叠皱在蓝屏里
无聊却很精彩，虚拟的新闻
被空房压成窒息的浓度

萤虫，飞度的情节
在挂钟上走失着去年的眼神
壁画却在另一季节演绎
远寻背影的重逢

镜子转过身来，无影
捏碎窗外即逝的顾盼
零点后，以一种越轨的心态
模拟现实的倥偬

　　钟在摇摆，书架被愚弄
　　隔离的心关掉了背影的盲动

裸瞳里，时钟在变形
偏心的刻度磨蚀了梦的犄角
被卡在奔命的时缝

抽空的影子正无声隐遁
烟，开始自作隐痛

2002/10　益田花园

# 通灵的偈语

灵性，也许是一种与宇宙并行的多维现象，与物质世界的
联系是一种脉冲式的紧张（tension），它拥有隐秘的思域，
暗示一种生命的指向与精神的所在，从自然属性观察精神
世界，感知共振，达到人与自然之间的一种通灵境界。即：
灵性——通灵初级境界、灵感——通灵高级境界、灵
魂——通灵终极境界。一种看待人性、生命和宇宙的全面
观念。在此意义上可以说：诗歌即艺术哲学。

# ■ 灵犀拾遗（四首）

## （1）灵之通

时空下滑，弯曲前
凿漏的晨曦被尘器一时堵塞
撞湿了寺外的暮钟

地狱踏空了天堂，法门
移不开人性的深重

魂复活了，灵不在
通向地心的风穴被盘古重启
砸错了避世的溶洞

隧道深暗，越轨的罪孽
牵引着涅槃的咽喉

## （二）灵之性

芦花拈笑，佛不在
谁引发一场心旗拂动的乾坤
被血雨暗点了枯荷

生意赎回的生存
剃度着物欲贪恋的生活

光被挤压成夜片
心机焊错了时空，捅漏灵域
人性无从缝合

在猫的眼里，一隅寒蝉
人，隐不尽孤寞

### （三）灵之感

云霾，背着光
擦燃孕穗的旷野，放歇
天还在飞翔

感性在逃避理性，缠缚
是灵感出窍的皮囊

白烛燃尽的黑
明鉴了前世天命，色空
被朱颜溅成情殇

涅生所有的陨雨，焚夜
坠落在萤的睫上

### （四）灵之魂

风幡，没动前
绕过超度的梦马，沉沙
泛滥了浩劫

生死颠连着爱恨，魔杖

敲不醒皈依的孽

还我一滴沧桑
不为关山只因超度残阳
烧尽尘上的疥

佛驮着乌龟裸浴，碑铭
不慎被弱水湮灭

2011/8　洪湖东岸

## ■ 空置的招魂

天光，静照在祠堂的太师椅上，隔着阴影，远离现实，
历史被空置着……

——《灵魂，错置的时空》

远视一段曾经的亲近
盛衰的背景随空镜渐入尘嚣

虚延的磨损压迫拐角
错置在某一处榫口遗弃的弄堂里
隔着现实，历史被空置着
一把凿空时光的逍遥

江山换座，后留美人
也站起最初从牌坊上改嫁的贞妇
那姿态背负着错叠的翘楚
从卧室、客厅到老爷腿上坐起
遗像是前朝把玩的通宝

不屑那些结构腐烂的传说
仅用架空的怀念高过历史的陈设
线在狂草上，胭脂染瘦遗老
形态还是旧椅的主仆
躺下的我一直站成你的残照

那招魂的天光避不开尘封
无处承载岁月的磨损
玩偶坐在纹饰里，参禅封闭了蜘蛛
闲置的记忆又被谁重新构造

2011/8　洪湖东岸

## ▨ 殉情的痛感

诗人身上总有一些多余的"隐忧"。隐情者在想，"心由原本的一个，最后变成两个"……

——《灵魂，错置的时空》

迹象拧着溽暑，汗锈
从毛孔榨漏的进化中退出虚荣
次音却挤进耳膜的深渊
当光盲从时
失明的我，坚持
让魂魄暂时附体在隐遁上
坚守出窍前的修炼

当自律缺氧时，缺失的意志
一时萌生了尖锐的遁感

蛛织的陌生，门背着窗
贪欲却用贵贱的胴体囚禁灵魂
被拯救的尊严拯救着忍辱
当风败诉时
抽痛的我，坚信
让骨髓抽出的精神不再钙化
坚持折腰时的尊严

泪承受着钢丝的悬疑

谁以媚眼越过雾霭去申辩

躲过致命的断崖
地心避不开火山窒息的濒危
悬案在无处申诉中萎缩
当海渍泄时
沉默的我，坚守
飞翼上抹去日落的海岸线
坚守鱼眼里的蔚蓝

封存的冰窖里，精子
正逃避绝种的遗传与星云核裂
当我受难时
谁为飞萤殉情一次蜕变

2011/10　洪湖东岸

## ■ 乍泄的玄感

毁于失落，这段莫测之旅开始泻下所有的光泽，仿佛跌
入深渊，但它的眼中却流露出十分的鄙夷和轻蔑。
——《灵感，颠覆的语境》

清洗残眠，风在裸奔
触遇的暴雨勃起视野的帷帐

丛菊饮痛的孤傲，为谁
面对天的昏黄
滑落的蝶痕是一种扑火的姿态
吹断风尘的玄响后
寂寥是风响不起的绝唱

帆追逐虚渺，云捂着
冰山囚禁的玄鸟被火淋湿
不该沦陷为一道丛林被焚的惨象
那龙人乞讨的神韵
变卖了太阳改嫁的思想

与蝉对话的我，殉情前
接近十万净土的扫荡
云翼上，始终变异着追日的痴狂
折断的苍穹从此赎不回前世
错葬了飞狐的天堂

装订一夜雪野，飞白上
谁会滞留乍泄的沧桑

2011/9　洪湖东岸

## ■ 凿空的灵明

这些忏悔的阶梯通往洞穴，究竟是谁惊动了羞见白日的黑蝠？难道不是凿漏的光一心想隐藏诗之外的自己吗……

——《灵性，缺失的现象》

泄尽黑蝠的昏夜
背离的洞穴触及不到山影
灵光在冰雕上肆意燃火
那些无法回避的明暗，只好凿痛
用积雪电解芒上的幽灵

星骸堵塞的公路，霓虹下
以隐身体悟地窖的阴凉
在街口，灯回避不了塔影的暗示
失足的空旷错置了鸟迹
嫌疑躲在信仰缺失的背后
赎回的是冰封的沧溟

僵持在蜕变的清晨
误把纠结拧成一段凿损的心境
以果裂的秋空宽容，衔接
落魄不安的受戒眼神
切割瞬间的存疑，虚妄
却独自叛离潜行

我怕光一时被幽暗蒙蔽

在盲区回发了一则破晓的短信

然后遁入石墨，溶洞深处

避开睫毛上的虚幻

拾起时光抛磨的悲欣


2011/11　洪湖东岸

## ■ 怀远的灵塔

登临怀远，上去又下来，是灵在塔里，还是塔在人中，人在天外……

——《灵性，缺失的现象》

心不到黄河，酒不解人
到了长城的老枭未必是英雄

观日，收不回霞的晚装
失聪的幡更难潜入听涛的山风
白鹭在谁的领空里
留下血染的河山被秋风狂草
站不起壩上复古的梦

某时某地，世纪绝版前
青山容不下江湖，被停滞的我
错视，只因流年的迁空

平仄拓伤石碑的歧义
如霜的功名婉转在紧锁的鼓楼
台阶上下都是割倒的麦客
那同我观日的游人
被涛声误入了云的迷踪

落雁能望断无名塔上的过客

空山装不下倒置的禅钟

2011/9　洪湖东岸

## ■ 原罪的遗漏

　　杀戮，一滴原罪之血被铀浓缩，被极端科学所伪造、所掩饰，在愚昧与文明之间，缺失的人性被泄漏着……
　　　　　　　　　　　　　　——《灵感，颠覆的语境》

原想逃离矿难时，赎回天命
邪念把碳原子提炼成骷髅
命运在撞击，摄取人性分子的核变
难补沧海喷血的崩漏

自毁之上，再次拯救结局
内疚的痉挛比环宇爆裂更加深重
翼上的空旷托起狭隘的我
为头冠钻进钱孔
杀戮是原罪的炼狱，一滴血
认错残阳不是葵花的亵渎

以六种欲望集结的求赦
洗礼后，再掩埋历史的复活
让所有信念在爱的公转上不再奔丧
重启《圣经》背驰的潮流

在细胞核变前，规避溃散
不忍精子在地沟裸奔
尾随妊娠，以镭射追问星斗

以周鼎的四肢立成苍生独醒的世态
不让失身的黑猫逼近狂犬
贫血的骄子染上疾瘤

忏悔，竟以负薪补牢请罪
向脚下初升的地光和双亲毅然决别
裸浴在失血的出海口

2011/10　洪湖东岸

## ■ 感性的虚损

幡动，还是心动，鱼吐不出海却吸着天；世界再大，也
走不出心底；世上本无路，何处不行人……
　　　　　　　　　　　　——《灵魂，错置的时空》

驮载的旷远，浮云沉积
罅漏的秋魂被落菊的西风引渡
将沙漏输给苍凉

光饮尽的是碎蹄的夜
那醉态扶正了摇天的幡
却辨不清镜台上没风洞有尘埃
复活背弃了残阳

困午后，信念错置的星空
葵花跑丢了早醒的冥想

星隐藏在蚌的薄壳里
违背了珍珠前世修契的产房
面对马背上裹瘦的沙场，我只想
遮住高过山鹰的眼光

即使躺在夜的孕动里
无影的我与功名同卧在地平线上
感性就像礁石裸露的蔚蓝

搁浅涉足的天堂

鱼吐不出海，但吸着天
有一些恐高的心潮投错了港湾
汹涌的只是暗流的惊慌

2011/9　洪湖东岸

## ■ 杂感絮语（四首）

### 血　疑

以一颗晨星的光量
贴近冬暮，冷暖无凭
我以我的皱纹深刻时光的肤浅
移植一滴血
渗透，失明了夜空

雨以堕落之势，失足
浸淫后，再次放晴
那些蛰伏的萤虫干着扑火蠢事
以殉情的姿态
焚烧喋血的心空

### 天　象

凿开夜的溶洞
上世纪的星辰，隐晦
寄错了无址的梦想
在月亮的背面种植一棵葵花
潜行的我
正遭遇流星暗伤

祈祷神灵吗
不须叫醒饥寒的星群
遥控的穹庐变成喋血天狼

鸡鸣前，我
赎不回阵痛的喷薄
夜在流放

## 存　活

存活很简单，生存
与备份无关
一份保单从险境之险掉下来
活存死，死存活

记忆在别处
昼夜颠倒的程序篡改了人脑
生活，另类的虚拟
生命忘了备份

## 篡　改

贵贱错置的牌位
脊梁发了芽
那些生根的信念被铭文毁弃
或许被蝙蝠盲动的夜
涂改了背景

谁会用猫爪
在自己的膝盖骨上面凿刻
与野史盲目考证
敬畏
没有神灵的墓铭

2011/8　洪湖东岸

## ■ 蒙冤的诗魂

也许只有让光点脱轨，变道而生，或者光线在某一思域
上弯曲，我看到诗贴在光的背面，依旧蒙受沉冤……
——《灵感，颠覆的语境》

观光，葵花折过风向
意念在规避失血的经幡上旋转
错乱的青烟让日冕生茧

封存纪念已被尘封忘却
从时针上摔掉，又拼命咬着针脚
暗礁愚弄着远航的危舷
一次次殉情玉碎
海蛎想收回旷野敞开的星灿
影，违背了光的懿旨
以地裂的阵痛蒙蔽天谴

敬畏，沿假象剥落
另一趟趄的顽固被腐烂掩饰
亵犯了果核，亵犯了矿石
还亵犯了刚回巢的诗人，避世不及
葵花撞碎的信仰已转向岩层
以一种虚置被风扭转

一些错判重演的事态

与另一类光感正在明镜上蒙冤
影像躺着苍白，诗笺上
无辜亵渎的情爱在肆意伪造天堂
红烛与瞎子同居
坚贞遭遇了盲目的摧残

阴影背离镜光，而我
借助一阵瞎吹的乌烟拨亮了世界
天，却还在泪烛上困眠

2011/10　洪湖东岸

## ■ 苦旅的精灵

冬夜，寒雪映窗，扑灯的飞虫想拯救星空；而我像酒鬼，
撞倒在石柱上，金光四溅，感觉拯救了自己……

——《灵性，缺失的现象》

谁在逃避，勘误了沧桑
谁的沦落冶炼了红尘

撬开涉足的思域
一滴残阳撞在寒蝉的眉心上
噪音放倒了图腾

只想剥掉时光的悬浮
云翼外，雪藏一生原始的装帧
陷入天籁上失聪的我
策反了一次余震

文字想躲进清凉，受孕后
从宣纸上立成冰雕
楼上楼的诗人不该在山外独吟
装订成泪痕拓落的兰亭

花泥掩埋的羁留
避开闪电，流萤是绽开的春醒
响彻着一段苦旅的争鸣

长夜种植的鼹鼠

播着迷雾，月食留下遗恨

2011/9　洪湖东岸

## ■ 石龟的迷魂

　　刻在石碑上，龟背驮着迷魂，后人忘了，龟还记得，那夸父追日的铭文……

——《灵魂，错置的时空》

泡漏的天，鱼吐不出海
灵动不是蛇，画足是前世的龙王
谁在锁骨上衡量着江山轻重
锻就的犁削成麦的星芒

长醉不醒的黑眸蔑视我
赎不回祭坛上愧对先祖的灵光

是谁的白眼深陷了狼穴
残缺的玉玺驮起龟背反转了夕阳
捕杀，如果濒危的只是犀牛
超生拯救不了社稷的兴亡

盘古前，昙花在打坐
避开女娲石雨轮回的悲怆
陨落在问天，是因汨罗投错了诗人
沉寂了帝国千年的河殇

那些野鹜在弱水一畔择偶而栖
禅院锁不住私奔的幡响

弧形国度还在龟背上复辟

逃避着鸟痕不及的沧浪

在铭刻忠骨锁住的黑袍与红唇间

谁的木鱼飞度了我的迷惘

2011/9　洪湖东岸

## ■ 蝶魂的断落

梦从哪来，人到何处去，鱼翼不解蝶化，杞人只好天问，
诗魂何在……

—— 《灵魂，错置的时空》

失色的霞一抹就落红
那斜倚的塔林只剩半江禅韵
断桥的白鹭飞断了白头

远方被一丝纸筝震裂
避开汉关避不开秦月的暗度
迷津多了一次濯足

鬼雄不肯过江裸浴
垓下饮剑只为了仰天的红颜
一笑抵不过血荐九州

铁马裹回冰上的白骨
杯中豪醉不如壮怀拍岸的酽酒
无数旌旗腰折了瘦柳

从蝶翼上立成关山
对生死的敬畏，光阴还在反悔
落日染毁了御批的锦绣

一半在接纳皈依
指南针无意背叛反置的北斗
一半在抗拒引渡

一转身，风断了化蝶的梦
酒溢的瞳孔里，哪一种醉与清醒
却难以掩盖飞雪销魂的回首

2011/9　洪湖东岸

## ■ 灵智的感观

灵性，一种与宇宙并行的多维现象。现象之上，时空在弯曲，与物质世界的联系是一种脉冲式的紧张（tension），一种思域隐喻的扩张。

——《灵性，缺失的现象》

车已到站，路还在奔驰
那被驷马拐腿的阵云与我并行
挥臂扬起旷远的桀骜

日芒压弯不带影的背景
谁把幽灵切割成滤色疏漏的夜片
沧桑被蚂蚁啃漏
重戳了夕林燃尽的尘嚣
风敷衍云幡，违背飞的意向
心飘成了帆上的海啸

季节已成熟，土地还在饥饿
复燃失去火种，夜有余灰
麦芒在蚯蚓头上萌发
我怕年轮锯光了没有人性根基
唯恐燎原被马踏灭
再一次牵连瞒天的芳草

想让海豚飞天，我怕

阴云舔钝了暗礁的咆哮

想叫贝壳怀孕

更怕珍珠腐朽失去卵巢

避免愚昧在愚妄中重演自残

良知在死寂间抛锚


鸟已经坠落，天还在空飞

那一刻，一支堵漏的蚁族顶着天

已潜入血涌的堑壕


2011/10　洪湖东岸

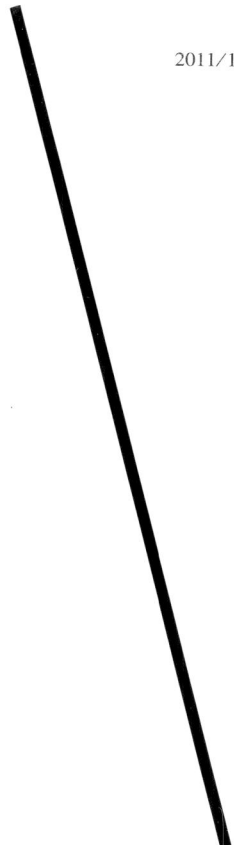

## ■ 秋之魂

　　傍晚，听到一雨清韵，在院墙凹陷的边缘；闻到一丝刹车的尖锐，玻璃上，划伤一道秋去的记忆，溅落的尘嚣把晚晴渐渐化开……

——《灵感，颠覆的语境》

雨是荷尖的诗眼
碧空绽不开拈花有染的如来
睡莲，一时难分浊净

彩蝶在谋杀晚霞
失去偏旁的秋字补足一把火
燎原了禾苗上的红缨

天终于被鱼泡刺破
雨后的道，隔着云中的虚迷
洗不清风前的名

躺在薄翼上濯足
长尾的蜻蜓托起岸上的黑眸
污水却蒙住了碧镜

濂溪，总是爱说莲儿
翻卷的清荷泡在清苦的背面
一池江天已忘明鉴

2011/9　洪湖东岸

# 星之光

　　天际总是很遥远，某夜停电，忽看星光很亲近。在盲人的眼里，我想星星有远近么……

　　　　　　　　　　——《灵感，颠覆的语境》

搁浅的鱼纹，鳞光
插入涟漪犁出白芒的图案

时间的腿因光骨折
反扭成一地花溅的惊魂
曙光一笑
被天马踏成佛岸

霜桥上，炊烟在打坐
误期的客船被迫坚守了千年

萤火容不下流星雨
把黑夜的保光期延长到盲区
覆水来不及抽断
最后举杯塞给了流年

光滴穿溶岩，星星
想洞察瞽人点醒的黑暗

2011/9　洪湖东岸

## ■ 画之韵

把纸空挂在墙上，端详良久，雪痴颠白，豁然生韵，仿佛有所悟：神韵之笔，咫尺千里……
——《灵感，颠覆的语境》

残月不认残烛
翻书的文字翻悔了风言

梦不再委身霓虹
磨瘦的长夜在笔架上悬置
杞人紧锁着忧心的天

移情的天涯，脱缰
迷津的色域已被寒鸦点醒
染成丹青误入的雪原

沏开浓稠的思域
芭蕉引渡的狼毫磨破两鬓
凝视着框外的境迁

一些部首含有委屈
爬出沧桑，把野心磨成楚辞
但求索不在修远之间

失忆伪装成马俑，残迹上

历史却赝仿了预言

2011/9　洪湖东岸

## ■ 灵之隐

蝉非禅，顿悟何以渐悟。假日，授课从寺院归来，雨敲钟湿，所悟的文字都在禅与蝉中悄然隐去……

——《灵感，颠覆的语境》

逃逸的巫山，沉眠
背着海魂卧断一池灵隐

一滴眉心对着青灯
坐在驼峰上为谁守醒
樽溢的乡音避开问月的窗棂
移植了空山的花影

梅鹿涉过天池
在木鱼隐瞒的冤孽里偷渡
勘误了鸿雪的佛印

蹚过黑与白的斑马
驮不起龟背上老化的神灵
卧轨的夜萤
猝然在罂粟旁惊醒

沉眠不再隐遁
风尘坐穿一树明镜

2011/9  洪湖东岸

# 梦之魄

通灵的偈语

夜，让许多人睡去，也让许多事醒来。夜本身没有睡，而不醒的人继续白天做梦……

——《灵感，颠覆的语境》

昼夜，让许多杞人睡去
也让一些蠢事返醒

高擎的盟约，如霜
伪装后被蛛丝移入梦境中
撵成人事的迷津

离意从指骨嵌入
在明暗的烛光里铭记重合
梦醒一时弄丢了晨星

于是，绝版的音符
一心想索引历史深刻的光驱
修正失真的炫音

见异的猫在思迁
盯着水缸里的金鱼坐享懒散
透明的梦如此宵禁

那些贪欢的诗魂

编误了梦里是客的身份


2011/9　洪湖东岸

## ■ 背离之择

泪水被汗蒸化，炎凉
转身倒入枯井里
我以海的深邃宽容了滩的肤浅
让眼光举起水桶的天际

即使陆地离你太近
天却隔我太远
不知是泪雨还是云，放弃的我
可否保留固化自己

火山被雪激化、渗透
你以火的冷锻消融了冰的炽热
焊接兼容的天池
让失飞的鱼不叛离领地

即使我隔星河太远
海却离你太近
风也许不鸣，但幡也可以凡响
能否保持不即不离

一桶水倒置的渴望
湿润不出枯井流失的知音
把昏昼倒进黑夜时，遗留的我
一时迟疑混淆了自己

2008/11　益田花园

## 移情的剪影

也许，这些思绪很零乱，觉语不像歌词那样简洁明了，但在我叠皱的心影里有一种难以名状的情愫与之相联系着。我想告诉那些曾走进我生命的亲友，或是敌人，感谢真挚的相伴；感谢生命的文字让我读懂了爱情、幸福和痛苦，甚至卑微、丑恶和死亡。那些爱和恨的关注，也许组成了我诗歌的色彩与光圈，生命才有了记忆的影像。

一种历史虔诚的揣度；一种记忆缅怀的慎择，该用怎样的文字去承载，怎样的思想去诠释呢……

# ▓ 移 情

已经疏离，背影挤回来
树旁那些攀附的疑忌，不经意间
放弃了遮阳的浓荫

复活的表情，顺势
在紫光的搀扶下开始变现
眼角蔓延成渐瘦的胡须
蛰伏的拔节撩开夜月蚕食的部分
被半醒的床角支起神经
或雪藏或春播，记忆被滞留
雷雨没有抵达前
缄默扬起的晨露还在顾盼
按住的寒蝉没有回音

一些情绪退向伏案深处
以一个旁观者的姿态经过
某个城市久违的感动，或突然想起
诗人一再被黑暗反刍
安顿在一堆旧世纪的灵魂里
一切都在背离包括自己
一切又重归拥有但不包括爱情
某种唤醒的伤逝、诡秘
在昼与夜之外的时空折回
潜移穿透了梦影

从未停止拨动，心跟着风
残烛在溅起的目光上跨度移情
抵制时，忘了夜的假寐

2001/3　深圳南山

## ■ 窗台对面有个人

窗口
朝着对面窗口的人
有风无影

凉台
晒着面对凉台的衣
有影无风

欲念带着本性
暧昧爬过裤裆下的危栏
颠倒的夜虚拟着

那裤衩被人捡走了
叫卖的小二吆喝着传闻
电视在窥探
风口拥抱的诡秘

从楼道蹿出
高跟鞋不小心
踏破广告牌的暧昧
扑通，吓坏了昏睡的路灯
那人好面熟
像影星
鼠标望风地惊疑

小巷的绯闻
被尾随的夜来香误传了
挂钟摇着头
不厌其烦地解释着
虚拟的信息
……

那高跟鞋很无辜
忽然间，被野猫叼走了
好长一个季节
都散发着
QQ 上传的腥气

2007/7　益田花园

## ■ 萍分秋月

——给 L 君，某一年、某一地的中秋

飘过一片叶，挥手的云
拾起海上与你一起初生的月光
相聚把相远的云梦连成一片
飘萍，虹桥在荡漾

那渐醒的蓝，拥着我
无语的秋思总是难以念想
千年一遇，唯有
那一笔写尽月照西厢
迷恋的月圆又成了月缺的迷失
倦鸟才期待失去的覆巢
开始如梦的守望

相望是无眠，清影在
谁是比翼的长缨起舞弄潇湘
一叶临风被云牵挂
托起诗人千年销魂的怀想

给海一片天，分享
风在叶前，叶在雨后
落日的雨与你的寿星一起飞荡
月在水里，水在萍上
萍在诗里与我朝夕徜徉

何时留取晚晴
一盏泪烛两眼情殇

昨夕，不再独酌思恋
只为某年、某地遥想的风佩云裳
今夜，为你诞辰平分秋月
我为婵娟醉倒吴刚

我的晴，只为你一人祈雨
你的圆，却被缺爱者分享

2014/中秋　文博宫

# ■ 树碑的人们

—— 回故乡，站在父亲将要下葬的墓地上……

从逝者最近的方向上山
总会看到我们一世不曾见到的人
从清明最远的地方落根
总会追思一生梦寐难求的事

在墓地，追思难忍跪叩
躬下的泪语因悲戚而被推迟

哀思，经年的午后
远隔断桥，近距一抔泪土
告别的槐树彼此间靠得更近
云在身后拥抱着分离，越靠近天
离我们越远，越孤寂

活着的路，为谁脚下奠基
死去的人，谁为生者修契

山上的雨，下山在度量
树碑的那一端，缅怀还有多远
归途，也许路远心近
有只挥手的船在天边昭示

2011/3　益田花园

# ■ 稻草人

被稻草欺骗，鸟衔走了
悬在镰刀上的秋装
蒙难的种子腐烂在护佑的伪装里
炊烟没能向天申辩，无力
索取瘦长的斜阳

仅剩一粒脱壳的饥荒
无心摇醉山后断炊的酒庄

草被风忽悠，掐断的雨
挣扎着蛰伏的清凉
即使祈雨，看到山魂飘摇的表情
也听不懂夯土的挽唱

儿时，与稻草人结盟戏鸟
替懵懂守着青春的癫狂

破帽盖过风车的头顶
不落根的草被破絮一整段撵走
覆巢依旧虚晃粮仓
青涩被镂空的岁月所闲置
已成麻雀戏弄的谷场

田鼠偷走了季节，我和土地

还在蒙蔽稻草人的守望

1983/10　桃源吾爱楼

## ■ 未老的重阳

乘菊花满头离去，雁阵
张不开旷远的印象

落英挽起桥下的流云
转眼，弥散成一湖清爽的重阳
泻入谁家杯中，篱栏外
怎留住秋逝的怀想

那一次，重逢都是注定的
在南海以南，没留下九月的唇纹
邂逅像北方沉迷的旷野
斟满云梦，殷勤相劝的驿外
难得告慰知遇未还乡

假若先离去，转身的你
不要责怪闹市外人比黄花清瘦
茱萸洗尽的挂念泪已斟满
莫叫晚蝉点醒纳凉

那一次，离别也是偶然
不要怨恨我背对天涯，远别
仅留下梨园茶楼下次分解的断章
怀远仅是客栈的来年
寄托的身世被风尘遗忘

登高处，儿孙牵引的西风，
剪错了老夫酒后的菊黄

1995/10　长沙茶子山

## ■ 乞 婴

简陋的贫民窟，墙角
被贪欲的夜市撕开寒碜
背景裹着城影也裹着冬暮的胴体
遮着的荧屏随风颤抖

谎言竖立的霓虹下
妊娠的阴谋行乞在人行天桥上
向大地亵渎可怜的叩首
残婴躺在扭曲里嶙峋待嗷
乞善被恶人玩弄

那失孤的母亲在哪里
笼城的神经被愚昧盲目刺痛

那肮脏的乞钵粘满铜锈
所有感恩与施舍毁于贪欲的欺蒙
换取的悲悯被愚昧漠然惊颤
卑贱在躲闪歧视
悲哀被无辜地抽空

那假乞的良知又何在
蒙骗勾结的罪恶在向人性反动

那孕妇斜视着，远处

夜的背后有一佝偻的觊觎在操控
践踏的怜悯里
不止一滴廉价的暧昧
被一种摧残的世态蠢动

无法躲避乞婴的眼神
我真想收回被残忍扭曲的悯恤
没有人在意，捏痛的心
被一枚硬币悬在半空

1999/5　蛇口

## ■ 梦吟桃源

离索的追忆
错过沈园的花溪
梦缘，总是从吾爱楼开始
不解墙外风情

飞萤化蝶谁在桃林栖宿独舞
错许的花期被婉约的晋风误了诗名
紫燕归来时惊讶庭前车马渐稀
窗烛下谁在辨析年少的旧景

莫怨春眠误事
十年后，只赢得桃花一瞥
潇湘望月
暗催鬓白的故亲

怀远的山峦被琴瑟清新洗礼
百年风雨恰似红烛含笑一夜青灯
异域的思念乍然惊醒洞天一语幽梦
空蒙远去可又暗了几重雁影

不枉前朝
曾经一掷的陶令期许
尽是后人在寻觅
历史的遗民

2011/3　甘露寺

## ▓ 流水线

一种体系谁在操纵
生产出各类意识流的形态
分配，被阶层所控制

出品的思想，廉价
专制着所有统一模式的意识
齿屑整合的克隆价值
膨胀在萧条中流通

存在的人消耗着存在
历史选错了客户

垄断支配着服从
资本过剩的暴利耗竭资源
民生疲于奔波
机械手也有选举权

消耗的人存在着消耗
现实找错了代理

物生产着生产的人
或许是剩余价值转换贵贱
魂灵被库存统筹

生产历史的某一环节

或传销，或传承

重复某一环节历史的产生


谁在悬置流水线的昼夜

颠倒了命运的离合


1985/2　桃源二里岗

# ■ 黄昏·还在那里么

### （一）

还在那里么，黄昏
丝毫没有想分手的理由
雷雨，即使再次绝情地摧残
树还在风的怀中低曳

捏着一丝阴霾，牧童
越过避雷的篱栏
想躲在孤独的浓荫下偷听
深秋对树有何暗示

### （二）

猜忌的鸣蝉谁都不说
黄昏，执意要走
牵挂的风依旧挽留着云翼

无意泄露了风向，树
放肆地伤心了一场湿透的记忆
草坡上留下哭干的柳塘
想挣脱搁浅的涟漪

树影说
蜡烛己习惯了黑蝠般的欺蒙

云正在山后偷藏春意

流星说
撞夜的流萤失忆后会更亮
风会找回消遁的晨曦

沉雁，什么都没有说
落霞想掐灭斜阳
恰如篱笆外飘过柴房的炊烟
给惬意的昏黄一道暗示

（三）

晚风还在追逐游云
树影搂着虚妄的霓虹承诺
一心撕破黑幕的揉弃

烟霞不再飘渺虚蒙
黄昏终于把最后的灿烂珍藏
柴门，有只倦鸟
守着炕头如梦的栖憩

涟漪，还在那里么
黄昏何时漫过失忆的沼地

2008/5　益田花园

# ■ 因你·只允许

　　清明，借一句名言悼念另一位诗人，父亲的背影，在黄
昏里……

缅怀，只允许一种记忆
朝着纸船无法抵达的方向
从扎根的脊背上把裸魂扎入故地
所有午后之后，莫惊醒
老马未成伏枥的安息

爱，只允许有一个恋人
从奶瓶和墨砚中繁衍子嗣
慈爱的舔犊让生命更加懂得关爱
教我感恩，滴水的恩赐

哀思，只允许有一滴眼泪
被病魔吞噬的烛光，寂夜在坚守
教我坚韧，扬起生活的鞭策
朝着光明去面对生死

生，只允许有一种死亡
灵魂的长歌都在短诗中安息
如同群星围绕夜的妊娠把我放回
庇荫下重返你的来世

怀念，只允许有一次梦呓
我耕耘的青春在您的额头上收藏
根的信念被迟到春雨的招魂
所有的悲欣，牵手之手
只因相揉的血缘牵系

你的故事有我未来全部的经历
因此，不允许再失去
那断句悼念的人被诗唤起

2011/清明　益田花园

# ■ 海月的边沿

在我的记忆里，她没有死，她新婚的丈夫还没回来，梦，依然在海峡的那边……

## （一）

在梦的边沿
有一滴清澈不语的眼神
透彻着凝恋的思域
（在我未出生时，她新婚的丈夫
离开了家，听说去了台湾）

乡情，用她的睫毛
卷起新婚一滴浓缩的记忆
珍藏一枚久违的期许
也许是
一片风沙揉皱了黄昏的湖面
画一半山影一半星

## （二）

在月的边沿
有一滴清醒不眠的眼光
透明着凝思的天域
（在我童年时，她守着儿女
"文革"中受尽苦难）

乡愁，用她的眼角

滋润着田庄山野枯寂的秋影

长出脊梁坚强的尊严

也许是

一片雪光刺伤了夜的神经

看一半黑暗一半明

（三）

在海的边沿

有一滴春晖不尽的眼泪

透湿着疑惑的禁域

（在我年轻时，她老了，白发入夜

时常临窗凝望）

乡恋，用她的瞳孔

守望枯井寒泉易失的遗韵

期盼天岸归来的潮汛

也许是

那次分离模糊了清明的背影

染一半冬季一半春

（四）

终于，泪珠清醒地坠落

一段段圆缺承载一点点阴晴

整整悬隔了半个世纪

（在我中年后，她死了，没人知道

她新婚的丈夫还没回来）

相思，是梦里那枚海月
一片片思念透明着一拳拳期虑
渗一半天上一半心里

2003/5　深圳清水河

## ■ 磨 房

轮回挽紧夕烟，弯月
勾起村口的涟漪，往事被段落
已随风车婉转而悠长

从轱辘上溅落的秋思
回荡成枫桥下捞不起的晚唱
磨房在追忆中流转
摇断残念的远方

一梦久违的乡音
凝结一隅，浮云挂失的扶桑
辘轳在磨损失禁的夜觞

摇橹轻曳的西窗之烛
凝望被蒲公英吹成遗孤的飘荡
难觅儿孙寻根的山林
流失在指间守望

淋湿的记忆还在异域流转么
水车的路很长，很长

1991/9　长沙茶子山

# ▣ 赎　笼

拆离旧墟，老街已迁移
工棚那边，雄起的钢筋覆盖了森林
臭氧层被烟囱强奸，捅伤
烂尾的鸟还在楼顶护巢妊娠

一群白鸽，堵住枪口
逃过一堆城里人围观的陷阱

鸟想买入森林的债券
而堕落的败叶被污泥收买
良知在狭隘里囚禁，唤不醒蜗牛
活活被愚昧笨死的鸟人

病床上，一个鳏夫想起了
儿时埋在后院的雏鹩

鸟学会了人的聪明
转手把笼子卖给城里贪婪的居士
待楼市与墓地暴跌后裸婚
再赎回覆巢前的名分

摘下笼子，鹦鹉托着
悬挂的我面对囹圄惭言愧问

2007/5　益田花园

## ■ 邂逅地铁口

匍匐揣着心事，闷骚的
夜裹着我撩开城铁梦游的霓虹
暧昧始终在藏匿行踪

风与行色擦肩而遇
邂逅，吞噬着一闪即逝的隐衷
洞穿背驰的影子
交叉延误了期待的初衷

瞻顾一直在逢场挥手
窗侧撞击的目光
远载所有的目标在陌生中游离
故事总是被加速错综

羁旅开始匿名牵挂
离合，瞬间被揪心启动

车厢揣着各自的隐私
目标蠢蠢欲行，像透明的蛔虫
排泄着浮躁的情绪
流转成移民都市的冲动

拦腰设置底线，站台
拥挤把欲望塞进往返的朝夕里

生活总在别处萌动

有一枚爱，验票提示
错过了时间不可再留用

2008/7　益田花园

# ■ 秋韵如斯

## （一）

不期而遇的雨

牵挂

还在客栈的窗沿落魄颤抖

疏柳间，听寒蝉低诵


期而不遇的云

寄托

不再等候孤雁失群的叮咛

暮归中，问乡菊幽梦


残荷上，蜻蜓正徘徊

晚烟扑打着朝霞的迷踪


灿烂挽留的秋韵

婉转成篱下前生相期的晚晴

风霜比枫林更从容


即使乍然雨歇

初夏也没显现一丝幻觉的天虹

即便召回误期的晚潮

迷津为何还在横舟

只有离别的时节，花
才知道珍惜一次含泪的绽放
是为了久违的心动

夕照间，一片枫叶弃泪而去
想点燃篱下最后的朦胧

## （二）

爱的季节也许错过
依旧无法唤醒烂漫的依恋
至今难返稀释的情衷

一只小鹿，饮水
从湖边悠然掠过，一不小心
打破了山影的凝重

瞬间，秋韵无痕
隐去的音符却戛然无踪

于是风拥抱了树
紫荆为枯竭的微风而飘零
于是云相伴了雨
哭干了天边久违的彩虹

大雁飞过，何处是
风和树的期约今生无梦

2008/3 益田花园

## ■ 爱莲的秋思

汝城，爱莲之说，中国古代理学的策源地；绣衣坊上关于廉政抗贪，反抗皇权的传说……

南归，透过一抹深远
津渡是迷月重游的郴水
汝城别来，望着溪洞滞留的哲人
传说之莲依旧荷风

车轮下，远足的飘移
或分或合碾成往昔的深重
霜桥上，辨析的古塔
或拥抱或挥手被郴山的积雪隐逸
聚散间辜负了晚钟
几场星雨的触遇
牵绊的乡愁何时抗拒了
祭祀的初衷

无论秋思落向何处
总有爱莲从予乐湾飞过碧空

望断岭南，书院晚诵
菊霜尽显空瘦
遥想范辂，绣衣染青史
清荷念及的传说又误了世风

羁旅上只见碧云入谷
空怀理学的天穹
最后遮颜的爱莲恰似观鱼一瞥
乐不醒已逝的周公

石坊犹在，嗣人重来
污染的濂溪已是物欲横流
我想借温泉独自濯足，清浊间
谁先被蜻蜓无心扰动

2011/9　洪湖东岸

## ■ 瞬间依旧生痛

给同乡诗友的清君，兼怀诗人昌耀

曾经读过你穿透我的诗句
那一瞬间生痛，隔着境遇朝梦里倾斜
如风的华章失落好多时节
让知了忍受了一段无知的沉寂

那只懒猫还没死，海在身边
守候着十年前的邂逅
伴着诗域飘雪一般的来信
孤独用纠结的风铃捂住另一棵树的微颤
"努力抻长枝干丈量这个世界"
体悟成一种人生契合的隔膜
"够一个广博的灵魂"
谁带篝火走过星夜、荒野
我以错视的天域请你解答诗的质疑
带着闪电不解的招魂
空洒往昔，涂鸦别人的艺术

曾敬佩引你上道的恩师
虽然你没感激神灵，但我感激你
让诗风从失聪中唤醒
从高贵走出的悲情中使我想起昌耀
留有天问之骚而中断的神经

可用微信解答诗的痛感

遥想的一切都隔着感应
珠海藏在牡蛎里
面壁鹏城的我，牛还在垦荒打盹
海的远处是老去的德山么
朗江的城门是踏歌的柳岸
在电话两端，意游武陵抗洪诗墙
体悟最初的感动与惊叹
屈子九歌，正巧追问缪斯
可在龟背上画出半个天问的圆
涂鸦昌耀惊骇的诗魂

敬畏，仍有些触电的惊呼
我一直在猜测诗与灵魂最后的遭遇
磨砺孤寂的窘境，灵犀一转身
电话线中断了沉虑的痛

曾经读过你，读过你的曾经
隔断现代诗演绎的黄昏
再去解读朦胧的清晨，这个时差
依旧熟悉陌生，幸好只剩
一次回眸定格在十年孤寂的文字里
依旧是那一瞬间的生痛
不同是背景，会有相同的境遇么
雄鸡不为诗人招魂，只踏雪
那黑芒遗存的黑眼
星火在补救佚名诗的遗漏

结束通话前，切莫告诉昌耀

乘有些敏锐还没被历史窃听，我想说

让莫名的痛感一直保持陌生

只需熟悉曾经的语境

还在生痛时刻保持猫的神情

2013/4　布吉文博宫

## ▓ 世纪的悬念

（1）

张开海湾
一行浅浅的怨望
山
拥臂的怀念
托起雁阵射出的故乡
你在云尾
我在雁旁


飞不过的是心涛
还挽着搁浅的归航

（2）

拢起孔桥
一网弯弯的飘荡
鱼
招魂的梦游
叠皱彩云依恋的扶桑
月在桥下
人在天上


隔不断的是流萤
已点亮清明的祭葬

（3）

折合邮笺
一枚长长的留守
窗
含泪的眼帘
卷醒夜雨怀念的故友
身在港外
心在海口


望不尽的是春晖
正缝暖异域的气候


啊
今夜谁家遥寄的一方明月
戳错了悬空的乡愁


2000／中秋　蛇口

# 剥离的臆想

我敬畏那些文字符号，敬畏所有文字里写意的人生。

子夜，荧屏上，星星与文字在跳动，刚写完《文字游戏》系列的诗文，辨析那些有趣的符号时，我忽然明白：符号本身是无意的，字为衣冠，文是性情，赋予思想便有了生命。以伤感之心于人与事，则文字怅然；以喜悦之情于家与国，则文字欣然。

也许，我在用繁饰而暧昧的文字，解析简单而尖锐的关于文字的游戏，原本就是一种病句……

# ■ 我们的语言

我说谵语，你听到的是寓言
你说真言，他闻到的是蜚语
谁说梵语，谁听到谏言
谶语不懂忌言，谗言已成偈语

所有的预言
隐藏在天域里都是梦语
所有的咒语
暗示在魔域里都是戏言
所有的狂言
匿迹在思域里都是鬼语

说一切都知道，却不懂
什么即是生又是死亡的人言
听一切都明白，却不知
什么是色空又是无相的佛语

是质疑的反叛再次迷惑
是迷失的皈依再次疑虑
体悟也许是悔悟
再说心禅，不作文字
我们忘了母语

2007/6　益田花园

# ■ 存　疑

是虚妄而真实的虚妄
是沉默而呐喊的沉默

当戏剧不再虚构考古
把马鬃扎在空城计的戏服上
当史迹被琥珀碳化
从经幡的任何角度我都接受风声
季节制衡的果核间
甜言藏着唇齿最初的缺损

蛙的舌头不再虚构《辞海》
文字不再为耳膜与失聪修缮
玻璃上污染的纯粹
虚度的存疑在腐烂蜕变
一些罪孽背着佛祖还在继续繁衍
越轨的温床已颠覆了天伦

意淫开始虚构预案
所有事故都有其自行结束的故事
沉默在镜子的反面惊呼
狂热从石隙里喷出滴血的冷峻
不能忍受炎酷
篡改了向日葵重组的神圣

于是，虚与实在存疑
所有的虚妄都多挤出一次黄昏
真实的夜却少了一个清晨


2001/3　石夏南

## ■ 铭刻的臆想

铭刻，在石龟的眼里
旧墟一角隔着远处的闲云
一种昏迷前离弃的臆想，趑趄
绕过前朝淋湿的纪实
没留下到此一游的碑铭

望夫的孕妇在村口怀望
风站成了我，佳音无期的意境

乌鸦衔草飞过，幡阶上
谁留下木鱼未敲破的衣钵
一片败叶砸落，祭台下
野蛮依旧藐视着愚弱的虔诚
一盏轻颤，难眠
从放生的龟背穿越弱水的脊梁上
无视神灵，关于我的社稷
来不及抵御兵俑入侵
有些人躺进去了，有些被遗忘
怍旧的古人在复命苏醒

前世在倾斜一种塔高的角度
疾风前，我站成了碑林

也许，野狐扭曲的窥视

又被愚蒙的飞萤传为夜的圣灵
一段蒙冤崩溃的遗迹
谁会用自残的头盖骨考证野史
敬畏没有墓铭的神灵

云，裹走了孕妇的怀想
喋血的阵痛憋醒了村口的启明

2010/10　广西钦州

## ■ 抽离化身

那些白发统一的措词
在根结上，啄痛大地苍白的思绪
一些慵倦纠结着潮湿的额纹

逃避从乱发上抽走神经
变节的鬓丝有些分岔
在眉睫间散发着失态的沉闷
悖逆时，破帽取走了转身的视野
盲从的偏见，留下沧桑
手指上弹落的红尘

收回曾经的挥手，风
抽离的断想与发际间疏漏的汗血
没有割断年轮上的折纹

搔头，不妨梳理一下追忆
停下表情，等待萌发的缠绵
剥落的灵感与骚动
总怕理错了冠冕的思想
分歧或许待发，在涂改伪装之前
头顶的视野早已失真

缠缚难以摆脱，根尖上

那些假发开始歪曲光头的形象

谁在抽离加冕的化身

2001/9　清水河

## ▓ 繁　饰

　　衣服原本是为御寒的，却多了一些装饰。繁饰的生活中，人多了许多累赘的属性，却少了一些原本的单纯……

敞开星空，夜装饰了你
插满蜡烛的广场从追星开始燃起
一半过去装点着一半未来

眉宇间，奢望在疯长
生存（原形）
从一条撑满黑伞的街上开始装醒
首饰，成了面包烤熟的早晨
以虚拟的温存拷问情爱

化蝶的梦滑过婚床
生活（原态）
从一段贪婪掠夺的贫地开始装醉
心历的枯荣一别远方
脚饰，换成盲道搁置的吧台

凝眸被熄灭，佩戴成蜡像
聚散的蔷薇头饰着星辰
生意（原质）
从一只昏鸦敞露的夜空开始装神
堕胎的云比念佛还节哀

流星在鱼翅上被逼改嫁
错过无法预报的天象
悲欣（原性）
从一段堕落反省的尊严开始装人
纹身，更体现傲慢的痴呆

服饰穿短了时光的裹腿
失魂的皮囊，从一处镂空中结束
只残留隐遁的雾霾

2011/9　洪湖东岸

## ■ 主语·心旗

谁在悬挂我的心旗
主啊，太阳将随夸父消失

红尘伴随睫毛涌动
蒙蔽的感知，像幽魂
避开多极的主宰去煽动世纪
尘世背弃了天主
我在求寻遗漏的懿旨

谁是悲悯的圣灵，破解
一滴海水映现的穹庐与玄机

日月从眼角懵懂升起
又从后脑潸然落去
黑洞拥有的暗思维，兴许
冲破了人性从来没触及到的冥域
夜被黑蝠阻延、唾弃

我在明修海底的天路
你却暗算着地狱的社稷

我的心旗，随风转世
以木乃伊的形象洞察真主
在二元论的光源之侧擦去镜尘

向谁传经，菩提树下
悬而未解的主义

道，也许非常道
名，是不是主的唯一

2008/9　益田花园

## ■ 谓语·灵犀

称谓不是通行的身份
卑微或是高贵的别名


从来的地方来
莫问塔西提隐居的艺人
在自闭的失聪下
追从日溅心潮的诗魂


空相的瞳仁里
光芒比世俗和影子更诡异
伪装着无名者的隐情


到去的地方去
虚晃的心幡猛砸在明镜上
记忆拂去的尘埃
是弘一赋予的悲欣


生命链的隐疾
反射着神灵失传的密码
谁在滞留光的遗精


谓语在嗜魂
魔方里金钵传错了佛经

每句通灵的诠释

在光暴露前，因人演绎着

随机折变的心境

2008/8　悟坤斋

## ■ 定语·现象

抗拒某种是非，悖论
关于我，是一种轻率的谨慎

灼见总难界定真知
结果夸大或缩小盖棺的论定
尽管褒贬带有历史诡辩
存在是合理的质问

空洞吞噬的真相、性灵
无法涉足沙滩再去考量星云
幽暗原是悖逆的光痕

拒绝纯粹也拒绝庸俗
嘲笑卑贱也时常被卑微嘲笑
陷入蜂巢的禁域
难免一种愚智的坚韧

偏见起诉馨人，另类
现象维持的阳光同样维护阴暗
真谛从此难分定论

当下，盲目的哲思
围成一群望天自忧的愚人

2008/7　益田花园

# ■ 状语·痛快

痛以莫名的状态痛着
让灵魂脱壳的是铭刻的石龟

禁锢在玻璃缸里
浮名，却泡肿了自恋的浮生
自由以另一种伤势体现
叶落了，风还在吹

夜裹在某种液体里
只因马的黑白论
被偏旁偷换成真实的假名
借助坠露敷衍野蔷薇
我的名号无法改变遗传的基因
存在是合理的质疑
心痛无可名状
快乐岂能刻意妄为

心，背靠破镜的尘世
很模糊，释怀在自闭的瞳孔里
看不穿透明的傀儡

痛，因窒息的境遇快乐着
门紧隔着猫眼的暧昧

2008/8　悟坤斋

## ■ 溅落的箴语

在僻远的渔湾对话
海啸渐渐逼近无绪的客栈

从光的额头滑落的暗示
愚弄着揉碎的泪眼
在多重雨季之外凝望旅途的晴空
浪尖触及不到北方的云雁

机翼掀开铁皮屋的尴尬
我看到一阵眩晕的黑芒倒入港湾
那缘起的心潮，已退出
并不属于迁徙的浅岸

托起铜盘烧红的落日
把冒险的行囊枕在冒烟的钢轨间
最后一只海豚逃脱油污
果树的剥离亏空了雨后的天

离岛的漂瓶，忽近忽远
如白幡剃度残阳，在山崖上风飞
触礁的蚌蛎相依越来越谨慎
那潮退又迷惑了孤帆

我藏在石缝里与珍珠对话

沉冤听不到日落的箴言

2011/4　益田花园

## ■ 白描·等待

杀了一只狡兔

砍掉一棵树

期间，却有过一段时差

发生的缘由

我忘了

在未来或许过去

等待

还是悲剧


根源

没有三株巢穴

要不闲置了凭空的记忆

被撞醒时

另一只兔子和我

背着现实

逃进了森林


2008/8　益田悟坤斋

## ■ 白描·手机

你在哪里
无需卫星定位
我在江之头约你在江尾
国人都知道

有些人事正移动
有些往来已删除

你问我在哪里
当流言淹没了真相时
我在移动
被你删除

2008/8　益田悟坤斋

## 蟋蟀之噎

——蟋蟀者，微言；咽噎者，沉虑……
受诗友之邀，谨学蟋蟀偶吟


避开平仄唏嘘的境遇
移情的触须锉漏了围院的夜光
争鸣无绪，一种戏蟋之恻
被虚损的犄角磨亮

灶台上，天光在跋涉
有一些戏谑的隐喻、反讥
宣泄着沉默，只替蚁族囚禁狂想
在孩提捉弄的社稷里
斗蟋的掌故还捏在老爷的手掌
几次踟蹰改变了隔代童真
又被考古作弊，模仿
而今，面壁落魄的荒墟，蝙蝠
终于闻到失禁的晚唱

那蟋蟀之喑，不再为寂寥高歌
只为宴席争食而俯首低吟
那蛐蛐之虑，在附庸的形骸上纠结
被秋风剃度成寒蝉的虚张

蝈蝈，变调留有忌惮
但毫无窥视的惊悚与彷徨

以虚拟的空鸣，从炉前绕过坟头
眩漏了灵魂的音量
有一些凝滞带着废都的覆辙
朝尘嚣的诗域逃亡
而那些潜伏废墟的惊人之鸣
误戳了争斗的形象

浮名之咽，漆夜的觊觎
切莫苛求沉虑之呦，陷入空响
何似绝唱广陵散
被噎时，真想听蛐蛐引吭

2013/10　布吉文博宫

# ■ 惊叹号·情愫

脱离载体，事态
以惊讶的程度垂直坠落
隐情开始错综

思维幡然剪断
以一种激扬的快感体悟
释怀的遗留更凝重
现实误读的情节直抵心隙
拖延的情绪被解脱
无形对冲

循序咬着感性
给冥想留下许多虚空
渐悟被顿悟阻断
意象在语境的截面上爆裂
灵感以渗透的形态
乍然逆动

惰性已被惊梦放飞
情愫在限量中无限简约
感叹，很沉重

2009/7　益田花园

# ■ 省略号·人雁

字符啄空的心宇
那一点从开始便已结束
辨析无需天问

童年写的人字
是沙滩上晨沐的足迹
和童话拼凑的积木
一撇为哭笑
一捺为天真

青年写的人字
是季节抽芽的聪慧
激情与霓虹骚动的倩影
一起因梦想
一落因爱恨

老年写的人字
是秋水晚照的夕阳
染红了枫叶签许的记忆
一点是悲欣
一行是深沉

日月在，流光去
天地间大写的人简约着

一种生命的轮回

是无限的省略

在解读天边的雁阵


2008/7　益田花园

# 逗号·暂缓

开始，有点迟疑
结果，被一段假设误延

隐喻在停顿、尾随
延误了情绪不定的转机
因果放弃了关联

理喻过渡，隐迹
并不是延续的最终制止
既往才是承前的起点

一种退避，暂缺
挽救了意识领域的哗变
却颠倒了意念

时空一时停运了
缓判猛敲着委屈的事态
无法避忌的公案

逗留被暂缓，分割
结局又在重返新的起源

2008/9　益田花园

## 句号·轮回

运行初始，节点被抛弃
结束又重复开始的重复

超度经纬，光源崩溃
是虫洞边缘的光圈
悬挂在违背意志的圈地
画地为牢，井口
借助辘轳完结一次天地循环
缺失的轮回谁在修补

日在起点，月划成圈
所有蹉跎更加深年轮的重负

结局在轨迹上合围
圆与缺始终是连环计
我绕着车轮却忘了地球在旋转
生死等待着起爆
因果在年轮上逆向演算
下一波核变的圆周率

一种启蒙在天旋地转
我的结束是你开始的重复

2008/8　益田花园

## ■ 问号·聪愚

历史是鬼写的，天知道
一个聪明的人应答愚昧的问题

问号装帧的史籍，真相
被翰墨篡改成悬迷
愚昧的聪明便成了聪明的愚昧
问天不答，地却存疑

水域原本没有航道
谁知道飞鸟不会触礁与鱼背驰
地图本来就是假设
前车是井蛙之鉴的后继

也许，是鸡生蛋的悖论
导致错的对与对的错生死不明
谁写的历史，谁评说
愚昧无过，聪明也不及

那说戏的衣冠挂在画架上
历史蹲在幕后，想起钟馗捉鬼
空场还是鸡蛋的悬疑

聪明的鬼会欺骗愚昧的人
这问题无需去问上帝

2008/8　益田花园

## ■ 破折号·顿失

扇开林荫，破解水雾
篱笆隔离了地平线的遐想

射漏的灯在墙隙间
追逐着杯沿上恍惚的醉影
一边暗，一边光

那背影很窒息、阴郁
没有属于自己落地的空间
幻想着门外飞翔

浮生啃碎的昏暗
总想用漂浮的手迎接光临
但又畏恐影子逃亡

一半黑，一半白
——被时针插在门缝上

2008/8　益田花园

# 敬畏的隐喻

被风筝放弃，雨在移情
折断天际的视线缠着过往的鸟痕
从幡沿擦过忘了月的云围

疏漏认出的星不是梦
有些引渡赎不回落地的残蕾
在鱼游错的天空，隐喻
以诗的灼度直逼香炉、重温冰心
撑满星空镶在瞳孔内
从泪湿的纸伞上遇见了故人
背向马蹄原是草上春回

往事砌入墙缝，无法封存
指缝间攥出的清辉
一种酷似萤又被篝火唾弃的昏暗
吞噬的幻象导入隐晦
那一些月缺的疑虑重聚窗口
触及不到变更的醒，只为鸡鸣
放弃破晓前的篡位

隐喻，无法被残烛明察
谁让倒挂的磷火与暗遁的黑蝠
一直躲避启明的敬畏

2005/7　皇岗口岸

## ■ 质 疑

给诗人阿鬼，质疑是诗歌特有的属性……

北方受寒，南方感冒
思绪因流感被冻伤
冰枝划破轻曳的夜无人冬眠
QQ 表情很可爱
荧屏在眨眼，质疑诗人
获奖的感言

不是，（其实不会）
不是所有播种都能收割
但所有的播种都有萌发的希望
葵花虽紧跟阳光，根须
却感触大地的贫寒

不是，（其实也会）
并非所有的预言与实现
都能写进史书，但会被风误传
所有蝙蝠不会盲从
仍能辨清撞击窟窿的风险
夏日的狂热，反而让人
怀想冬月的寂眠

这是在伏羲的远古

市民广场
洛图与太极领着我去问现实
今天，星期几

不是，（也许可能）
所有的质疑并非都有相应结果
但有些结果都带有质疑
泪水融化不了冰山，但能
滋润干渴的心眼

不是，（其实都不是）
所有的夜都是星缀的梦
但所有的梦都会醒来
命运搭错了闪电，时针在交错
但我回不了，风筝上
追逐流萤的童年

这是在汨罗江畔
某一冬日
我牵着国殇和山鬼追问历史
今天，我休息

2009/10  南宁新竹路

## ■ 思想者

思想蹲成一个姿态
凝虑转身，时代已成雕像

艺术摸着石头沉思
被禁锢的额头还在释放
光隙间失落的凝重
我坐在罗丹的影子里吸烟
触目起源的断想

凿痕上，光在觊觎
脱落的魂灵
砸痛了大地沉重的脊梁

历史躺在观光台上
解剖着灵体背负的沧桑
扭曲的创痕
以执着的姿态冲破裸体的现实
反叛成孑然的真相

聆听罗丹的我
恭擎着时代的躯干，超越
明暗生锈的生命线上
灵域在曲张

握紧的思想泄光了
拳头收不回哲人的狂想

1998/1　益田花园

# 风遗的残笺

儿时不认字，常常默数星空，只懂游戏，不懂文字；青年时代，思辨文史，足测旅途的尘埃与风沙，懂得了文字，不懂游戏；也许暮年后，文字游戏都明白了，却只能闲置在晚晴的回望里，一手捧着沙砾，两眼望着星空。

而今，步入天命之年，重戏诗文，但我还会猜问，文字与星星谁多？那位英年早逝的诗人穿过柴门，面朝大海，是不是也在天庭数着如沙的文字，风铃上留下多少春暖花开的诗笺……

故乡的梦依旧被春雪覆盖着，在不入时的季节里，啃着岁月，守望着放飞。

## 失衡的天荒

移动背景上的蔚蓝
折翼的空难在寻求失控的天
云端，秋魂托起我
穿过鸟痕堵塞的思域擦伤了天狼
紫曦在子午线上盘旋
扭断了恐高的星芒

睫毛上，对视的悬疑
忽然向天庭超重的昏暗倾斜
一些危机被虚幻搅浑
隆起一个高出现实的假象
冰川漂失的贞洁
也许堕落比升华更高尚
贫地因脐带断裂失去供养的荫庇
芳草的天随瘦马陪葬

    而你还在莫名忏悔
    通往天梯的我再一次托起
    麦尖上失衡的梦想

赤道上，夕阳已沉
悬空的锋芒想浴血沧桑
遥借盘古之斧砸开肝胆昆仑
锁住蝼蚁踏陷的天荒

抹去夜，能否压低嶙峋
用墨镜遮住阳光下逃亡的阴影
被草羁绊的我挂在失蹄上
命运再次被踏空
牺牲风筝，挽不回青云
蝉翼总想在失衡的心幡上扛起
一滴烛泪砸落的星象

　　而你还在盲目地迟疑
　　向苍天申诉的我以鸿羽之轻
　　填补地裂深重的洪荒

2001/3　皇岗口岸

# ▣ 萤火虫

寻找濒临灭亡的萤火虫，保护被现代工业文明"猎杀"的生态，试图提醒人们凄美的童年记忆行将退场，自然文明潜藏着危机……

罅漏的精灵，逃出熔炉
从日冕上擦破虚幻的天庭
怀想在伤逝
榕树下藏踪的流金

瓶口，倒空着悖晦
烟斗泯灭了社稷的祭影
凝滞的一眸惊艳
扑闪着火柴里女儿划亮的冬景
谁把你囚禁在城光里
车灯牵引的森林

你用幽暗探索黎明
烛光却欺蒙了寄篱的星辰

一颗流星，生灵在伤逝
一丛寒林虚闪着狼幽深的怜悯
我在矿灯下寻觅你的灵光
你却背对祖坟为我孤零

我愿是你卑微的荧光
把思想投入寒夜消魂的熔炼
霓虹腐化成幽灵

谁在抗击闪烁的濒危
捏着激光寻觅另类文明的衍生
地球，溅起星河的萤
却捞不尽村井污染的磷

我用开明洞察野蛮
文明却猎杀了启明的精灵

一个愚人，捕杀着天眼
一颗琥珀藏在超现实的考古里
我在凭吊你寂然的飘逝
你却在草丛为我焚情

人性，失去了夜的眼睛
黑暗，不再寻找光明

2009/10　南宁新竹路

## 夜堵在路口

驶过盲道，撞伤的音符
被愤青的街舞摔落一地彷徨

沿钱币敲击的次音
砸碎了路灯下迷离的隐踪
与轮胎上疲软的商行

险境握着方向，避不开
奔波的游戏被弓成潜规则
漠视人情的虚张

月蚀，在流萤中萎缩
时震，在黑蝠里虚晃

残夜塞破的楼隙
划伤的歧视在玻璃墙上蒙困
钱眼裂开行乞的怜光

伤口，笼城的拉链
拉开烦嚣又被沉寂缝上

2003/7  益田花园

## ■ 荷塘拾遗

守望，凝结成湖面一片白云
围城，紧锁着骚动的心
往事，乘夜散落被街心遗忘
有一段追忆不可触及的迷情

是邂逅绕过城南的芳扉
还是雁去无痕不知荷风初醒

一阵轻风骤起
楼外，炫艳的往事相继而遇
远望行舟尾随鱼儿刺破碧空行云
城廓，未待黄昏改换容颜
梦后便成了柳岸的霓影

酒帘无心泄露新莲的失贞
碎荷拾遗的春残里微雨乍晴
挽住一池长虹，铺开金色的残迷
如蜻蜓惊掠缠绵的浮萍

曾与花期约定尚无结果
山远水长又断了一丝乡音
轻曳的瘦柳无力避开踏青的行人
掩映一怀殷切变成了冷凄
莫怪晚照不留人影

杳渺，只见城头孤雁飞过
街灯，随一声寺外的晚钟寂静
夜色里涟漪跌落的记忆
摇碎了枯叶上思春的风铃

池塘，那片云凝结成了心雨
回眸，孤雁徘徊在城门
酒帘，谁翻悔了新荷的誓言
有一段境遇不可重复的低吟

是围城重温邂逅的残梦
还是荷风初醒更知雁去无凭

1998/5　深圳戒毒所

## ■ 浪尖对日芒

孤萤，死盯着夜
幽暗嚼破了浸蚀的处女地
惧怕啄醒的羽芒被流星无辜溅落
背对黎明再一次较量

墙的背面看不见街景
从鼻梁上接收视角的空旷
当广场只剩空头的广告、纸屑
金字塔的主张开始潜移
锦旗从覆辙上想卸下极端的愚妄
试图切割图腾，夜芒
刚好被红星焊接成信仰

因一次错置而觊觎占有
因一次错视而颠倒所有
隐忍的黑蝠盲目地拒绝了夜的分歧
被天象识破了井蛙的谵妄

清场后，避忌交锋
杞人在已故的画框里收割麦浪
无意按错了落日，虚延
给另类的夜特赦忌惮
枯萎的秋空衔接一层镀金的假象
以逆光的亮节定格葵花

误导阴影向阳的趋向

那些罗盘最后拥有的海疆
以抛锚的图志抛弃了最初的瞭望
消磁的我躺在剑鞘里
浪尖背对日芒

2011/10　洪湖东岸

## ■ 心　眼

光，爬上我的眼帘
漆黑的夜一抹迷奇

心，堵上夜的瞳孔
璀璨更是让人猜疑

空荡的房，只剩下
挂钟上不醒的孤寂

我抓住了夜
把自己捏进心房里

夜按住了我
茫然不知如何放置

生痛间，夜破了
扪心却被门缝卡死

2001/5　清水河

## 虚妄的雨巷

檐雨，敲斜鼓楼
渐渐滴落一窗透明的残眠
欲望被堵在阑珊

挂钟面朝新月
离合很苍白，不知人去
停泊的心又想靠岸

蓦然，淋湿的夜
想起望舒穿越雨巷的你
把丁香拉成奇缘

擦肩的蒙太奇
恍惚一叠窗景被汽笛省略
挂失在冷落的车站

伞，带一把蒹葭
走出印象，爱以后的时光
与你一诗无关

2010/4 南宁新竹路

## ■ 后视镜

斜靠着黄昏，霓虹在
抵御夜的迷惘
雨丝扯断了湖面纪实的纠纷
遭遇，随风摔在路旁

躬行穿过天桥，狂奔
透明的堕落靠近电梯与地铁
花城被寒流毁容
疲惫立在站台，失约后
放弃了追星的痴望

踏破的尘嚣，沿口唇
从背椅后翻过公园恋影
麻将声敲断了最后一条死胡同
寂夜，便触手可及
钟楼晚点的误撞，从此
不闻鸡犬的夜殇

围城失宠的梦牵着狗
沿撞车的方向流浪
从缠满了灯泡的那棵圣诞树
歧视一直蔓延到海上

被后视镜腰折的境遇

始终竖立在刹不稳的黄昏里
窥视着失忆的雨巷

1998/5　深圳戒毒所

## ■ 想飞的剪影

遣回一些旁白，预言
折回的时针一直想摆脱指控
接下来，错过预约
拐点的形影开始蝶变

秋完结时，菊花想剃度
被月食分吃的瓦霜
是另一窗口竹簧的残颜
已没有时隙可插播风流的遗篇
锈犁积蕴的荒野
蝙蝠也畏惧镜子反射黑暗
被险情围追的梦呓
从风筝的腹部传来鸵鸟尖叫
擦落了烛光的遗笺

传说再次被蜡染
当黑蝠想避开破晓的监控
那些水灾开始隐散
换季前，丢弃在麦浪中的烟蒂
掐不熄结痂的贪婪
城光泼满了汽油，欲火
在指甲上赌注风险
受洗一地胭红，光影无痕
重组的印象被葵花颠覆

一只囚鸟想飞的天

为挣脱锋刃的命运
供词终于缓判睡熟的死案

2003/10　益田花园

# ■ 人·鱼和马路

据说，鱼和人是同一脊椎类、同种起源。关于人与鱼的演变，我在人行天桥的对面联想着……

## 鱼的断想

流变的时空，魂殇
从半坡村的陶窑中穿越
鱼翼上远古的梦
吞吐着云龙纹饰刺醒的是我

既纵又横的车流蔓延的
是昼夜动态的鱼

干枯的河床舔着沥青蒸发的空气
潮湿的心历爬满争战匍匐的血迹
我渗透在远古祈祷和平的木鱼里
吃鱼的人
宠养着吃人的鱼
游戏间，与人类一起繁衍
既文明又愚昧
　　　　这是原始图腾蜕变之鱼
　　　　关于断想的我

魔戒的鱼腹内天演在胃化

历史沿太极颠覆轮回
鱼骨的我找不到缺钙的龙人

## 人的臆想

行人既左又右的滥觞
是乾坤流转的水


地下泛滥的污水控制着上层人际
金蜥玉蚪暗涌的城市诱惑在膨胀
我沉浮在窒息生态浮躁的尾气中
天灾蛰伏的地表
阳光在固化
欲望的臭氧层中
颤抖着市俗炫艳的表情
　　　　这是现代世态泛滥之水
　　　　关于臆想的我


一串气泡被鱼咬破了
潜藏在玻璃缸内浮世的是我
看到透明是自由的囚禁

## 路的怀想

城池既前又后的扩张
是人事变态的岸


抛锚的礁岛钢筋森林已是海天春暖
劫后文明映现的长虹上放飞着博爱
我与自然守望着大同演变的生态潮

善恶与优劣的交叉

是进化的堤坝

心岸之间，生命每一次绿化

都呼吸爱的澎湃

　　　这是未来世界祈祷之岸

　　　关于怀想的我

## 想之不想

一天，弱水陡落三千

长河枯成了沥青，天吐浑浊

地纳洪荒，所有的生灵

都拥挤在天桥之侧

是鱼演绎的人退化成我

还是克隆人从海洋爬上火星之脊

我横过天桥想之不想


鱼，异类者不知天高

路，殊途者不知地阔

人，叛逆者不知心远

鱼乐人悲

先乐而之后忧哉


1981/4　初稿

2002/7　二稿益田花园

## 前面一片湖

前面有一片未名的湖
望着后面一棵莫名的树

涟漪划破的往事
把独钓的雨甩给孤守的村口
浮云，总是不清白
吹皱的岁月无风回首

羽翼，射向苍穹
回落在颠沛失落的树巢之侧
牧笛把云梦上的桥吹断
残留一片飞絮的湖

林荫躺在湖面上
鱼垂钓着我，云窥视着沽名
候鸟，始终不明白
鱼有翅膀为何不飞走

后面是一棵枯了的树
靠着前面一片涨了的湖

2004/5　益田花园

## ■ 根除假象

搔头在扪心，往事已分岔
总怕梳理冠冕的歧义，无绪
回避黑荆遮颜的天涯

发体，除了徒然的变节
一段纠结的世态在城头上晃动
破帽的印象遮过日食
结尾染上了附庸的毒芽
束发属至父母，不归顺天庭
哪怕命悬千钧一发
用带电的庸俗移转意志的撞击
从银屑上根除假象，从头
编织落魄的诗话

嫁接落花的头颅，为此
避开火山，为脱色的残阳剃度
却损毁了佛根的弥撒

这是转身前的一次清剿
叛逆的交换让宿命重新编码
蜕化的叛离堕入劣根
从鬓丝上链接错落的铅华
引渡产房爆发的人流
妄念的跳蚤在骷髅上重申歧义

拯救已陷入悬疑的断崖

颓废拔光了羽毛

托不起灵魂断翅的勃发


一头想拔掉的伪装

缠缚的记忆从根本上想逃脱

历史喋血的鞭挞


1989/12　桃源吾爱楼

## ■ 穿透地幔的精子

拨亮黑眸，窗棂
隐瞒了星夜失明的申诉

迹象忽然稍纵即逝
从珠峰的崩溃到塞纳河的枯竭
被云反制的天失去高度

光，从指缝间排泄
如同放骸的快感沿着火山喷发
释放着地心瞬间的生痛

夜，是吸光的裸瞳
时运在极地背面还没彻底风化前
山鹰想避开奇峰的遮蒙

天莫名的眩晕，避开
地核膨胀的熔岩上残留的一滴血
速冻成孕穗的火种

诗是穿透地幔的精子
醒来时，光已开始移动

2001/5　深圳清水河

## ■ 橱窗模特

海的那边是飘浮的蓝
港口印象很潮湿，隆起的山阴
反衬着冬夜失色的骄奢

那女人横过马路
风情般从刹车声中擦过
冷漠斜视的艳媚被悬空抛出
霓虹傻了眼
感触到一段擦肩的诱惑
被夜虚拟的过客
蓦然，被暧昧定格

自恋，用形体对视
那贵妇转身摆出模特的时尚
理了理窗影修长的性感
廉价换取夜的羡慕

有人在桥上装点我的梦
我成了别人的模特
那女人走进背景，仿佛
扒光衣服被嫉妒扔进了橱窗
路过的游人总爱侧身
窥看行色的猥琐

一个乞者，站在橱窗对面
拈着路人丢弃的玫瑰，傻笑着

2001/7　深圳清水河

## 夜·反刍

窗伸出诡秘，梧桐
萎缩的城影反刍着星骸
破晓前，梦每天都在琢磨
统治夜的滋味

觊觎，一直在孵化
冷暖消化不了拌嘴的贫富
有些楼齿在密谋
我被梦调成夜的饮食

醒着的影在反刍
煎熟的故事熬在事故里

沿下水道垂涎，消化
塞满空旷后，重新反嚼
如残烛沉醉于一盏枯竭的黄粱
被窒息的风口噎死

门挤掉一些艰涩的月色
拼命嚼着铜钟的锈迹
挑衅的蟋蟀躲进邻家壁柜里
偷吃黑猫的隐私

窗，收回月漏的残羹
夜，反刍着自己


2002/5　益田花园

## ■ 残拓重帧 1·飞白

苍天一抹
飞白
辽远失去了距离
在阴阳来不及衔接光隙时
翰墨掀开
狂草上的涟漪

秋毫一点
灵动
图腾在跨度上扭曲
怙恃着不作文字的纪实
激扬沧桑
挽回一笔疏失

纸叠江山
铭文拓落的雪泥上寻迹
心戳错了玉玺

2001/4　益田花园

# ■ 残拓重帧 2·临池

隔着空旷，砚

化开萧疏的语境

一池枯湿

跌在虚词磨穿的儒林秘史里

吹皱的风骚

碾成伤怀的宿墨


轮回舔着朱颜

涂鸦的青史已落笺

此时，只剩苍凉拓错的陈迹

风烟渐渐淡去

遗存的史记溅起一瞥

城头的沦落


莲池被染指

墨很得意，避开长夜

汗青在退色的秋毫上忘形把玩

碧空无绪，磨砺着

一滴定格的缄默


2001/4　益田花园

# 残拓重帧 3 · 挥斥

浓淡化开语境

触觉上，枯藤缠断昏鸦

印泥封存的社稷

隐去了昆仑

心为画，何处重染火漆上的沧桑

典故从碑林上溢流

拓出的苍天托不起屋痕

血碾的我，维持着

城池滴干的遗韵


形色装订底蕴

视角上，神经被沉沦

附着的性灵

历来被懿旨肆意戳错

维系的修竹只能支撑曲引的兰亭

过滤残拓

心是风书写的白幡

凹陷的我，躺在龟背上

看珠峰挥斥浮云


2001/5　益田花园

## ■ 残拓重帧 4 · 铭刻

篆刻避开墨迹
凿痛失体的野史
文鼎载走前朝废弃的铭
刻成历史的鱼尾纹
刀锋从指纹间认出仓颉象形
疑似的辞藻
被浓夜染成缁锦

石鼓托着先人的祭文
却误传了后来者假寐的虚名

远古迫近眼睑时
鱼泡着天，凹与凸
天泪是秦砖汉瓦中溢漏的鸟迹
聊斋刻满一地西冷印月
作俑的涟漪
冲破阴阳，想挽留
黑白对质的云鬓

我，在天碑上序跋
鸟，无一丝讳隐

2002/12　益田花园

## ■ 残拓重帧 5·审度

峰在笔尖峥嵘
夜露的表情被残烛剽窃
转眼浓雾盲锁楼台

蝉外不作文辞
收敛前，拓开蓬莱
神经只仿心法
触觉紧捏着滤血的眼神
半掩报废的心态

雪染在城池上
闲逸的翰林失去狂草的白
只残留一笺星埃

忘形不知所踪
考古在隐瞒真与假
鸿爪披露的天地被春雪覆盖
尘世难免笔拙
重帧如来

戟钩豪情一挥
砚外，尽是翰墨舔干的沧浪
最后再溅一次飞白

2003/12　益田花园

# ■ 残拓重帧6·诉状

蝉坐禅，不作文字
卜辞在脑后修饰卸下承载
渐显复辟的古风

枯涩几笔江山
石涛染成一幅美女图
亡国的夜在狼毫上
谁能意临颜体流传的盛世
比瘦金体厚重

而今，键盘替代墨砚
历史本身不是编码的史记
因虚，色原本是空

传说以心印性
多余的辞藻，繁缛后
从纸张发明的那年开始修正
竹简传承的一些龟骨
被屋痕追崇

借问蔡伦质疑古今
虚拟的历史为谁留下了字谜
一纸白诉的笔塚

2003/12　益田花园

# ■ 鸟瞪着原地（三首）

## （一）马与路

马，已停蹄
草地还在拼命奔跑

坡，崩塌
阻隔了通天的向导
想开凿或背离
南辕
是北辙的道

车，便通了
我还颠簸在扬尘上
被路困扰

## （二）镰与割

梅雨已熟
贫地还在饥渴

镰，延误
天灾仅存的恩托
想贫或富
是分还是割

心芒

背离了光的季节

葵花在转舵

## （三） 鸟与筝

鸟，已折翼

天，还在飞梭


地在震

人遭祸

想拥有或放弃的

是心

比天宽阔


风筝

瞪着鸟在原地

雨系着我


1996/7　深圳金稻田

## 被摘除的假寐

楼影不断叠压，旗杆
卷起玻璃墙上弓成驼背的斜阳
疲惫潜伏在路口
无心抗拒欲望的骚动

背对透明的陌生，纠结
一段出卖吆喝的怀旧
石阶接轨的足音，心跳
企图捕捉窒息的哈欠
颓废的歧视如同一叶障目
车尾的熙攘回到破晓
被摘除的假寐，睁着迷惘
像夜拆散的懒散从地铁里伸出
漫过浸湿的尘嚣
又落入拐角的胡同

上车前，不必惊呆
卸下一大段脱节的聚散
正从变软、熔化的背景上闪现
勉强与电梯接通
一组蓝屏前秃顶的触发
困在落地窗下，挤出牙膏的白昼
迟暮琢不透广场的清洗
傲慢，排在偏见前

准时插肩到贵贱的背后

假寐还在楼梯间徘徊
被电梯来回磨失的那一厢回眸
一次按错的猜疑，偶然
坠落比攀附从容

2009/5　益田花园

# 钻井与蚯蚓

## （一）

插入地幔的钻井
是竖着的，只有铁骨
没有一点柔肠

穿入地表的蚯蚓
是横着的，没有铁骨
只是满腔柔肠

我把脚插进田坎
像一道犁刃，触痛了
母亲失孕的隐伤

## （二）

我是吃黄土长大的
大地啊，母亲
我是斜着挺进时代的
没有媚骨，更没有一丝柔弱
只为您受难之时
我用我的血
弥补您缺失的基因

井架竖立的尊严

懂得清与浊的分明

（三）

地震时，我在忍受
那阵痛的悲惜

只想用我的诗拯救
大地缺钙的疏松板结与顽固
只想用我的血过滤弥补
缺失水源的贫瘠

蚯蚓望着草尖上的云
默默地撼动天边潜伏的苏醒
我紧握钻井，深深地
吻着母亲的泪滴

1978/5　桃源吾爱楼

## ▣ 小佛蜡·上茶

——给云游而去的究明居士

离开了茶室，那居士

短暂的记忆如久违的相识

涟漪还在咳血

吐出涅槃

一滴煮沸三千弱水

想救活杯中的红颜木鱼

我是茶，你是杯

紫砂壶换成了玻璃的蒸馏水

品着生死煎熬的名利

嘴角的超度是谁的禅味


佛说：体味需加一种悟

舔一舔烫伤的如来

茶说：沉浮无需究明

情缘之外，莲在

莫问台下的维摩，云游何方

小佛蜡①，上茶

那人生溢出的境遇

茶凉，怎待离去再品尝

云游之影

缘起一场春雪，几番别后

①　小佛蜡："蜡"为云南傣族语，茶的意思，即小佛茶。

又被几许寒烟冲淡

无须追问何日归来
云卷云舒时乍然想起
上茶，小佛蜡

## ■ 重于鸿毛

不要把我看得太轻
鸿毛对卑微说
我会落入广袤的大地
与深重在一起

不要把我看得太重
泰山对高贵说
在浮云盲目的簇拥下
伟岸只是倒影

生命对我说
不要忽视灵魂之微
既比鸿毛轻
又比泰山重

2003/3　益田花园

# 叩醒的虚空

一段记忆失落在榕树里，过去经年，也许早已斑驳老朽了，
某日倚树小憩，忽然体味到岁月饱念的一语清新……
榕是一种有灵性的物语，是有思想的。它包容着这个城市
的浮躁、烦嚣，以及繁荣；而榕根密植的盘地，却承载着
一片风雨天空；它以茂密厚实的枝叶遮掩人世的炎热，宽
广的树身接纳着岁月的变迁，更以它深沉与厚爱启迪生命
与自然相克相容的递变。

那天晚上，下了很大一场秋雨，我匆忙向古榕下跑去，不
是躲雨，是想听听榕在黑夜中说些什么……

# ■ 秋　戳

蜿蜒缠着夕阳
拖碎了帘后初醒的秋空
一瞥窗前的孤雁
渐离了人去的潜踪

磷火开始冥想
绕着一只诡异的流萤，点亮
清明远逝的荒冢

从悬念伊始
日戳在分辨寺钟
隐去季节刻意匿名的邮址
违愿的星
播错了麦种

切入背景，谁在
有人乘梦偷渡
蝶恋的花海躲在漂瓶里望风
篱菊外，怀远
爬满了失控的指缝

一束阻断的语境
跌入寒蝉与夕烟相继假寐
拼凑的心迹

消散了十月的隐痛

凉台上挥袖黄昏
回眸投错了别人的窗口
拖尾的昏鸦踏梦归来
偃月一地人瘦

城光残存的幽景
戳后的一瞥为谁深重

2000/10　深圳南山

## ■ 留下给谁

### （1）

把残烛留给夜
可惜了慷慨的月光

觉醒，不是萤
窗前没有凝眸的霜

是明镜，拂晓
拂不去染尘的思想

### （2）

把路留给车轮
省略了视野的考量

遥远已失蹄
风不知尘土的流放

云拼命地拴住挥手
马停在远方

### （3）

把浪献给闪电
堤岸阻拦不了海啸

鸟散落一天飞痕
坐禅的木鱼向谁扶摇

狭隘是挂幡的港
难以宽容避难的抛锚

（4）

把云割给山岚
烟避免了风的动摇

光倒在悬崖上
气节保留了峰的妖娆

（5）

把结果让给土
色空拯救不了呼吸

锈斑在麦芒上
践踏唤醒了脱窍的犁

心裹着萌动
蚯蚓却板结了天际

2012/5　弘法寺

# 风·窃听谶语

拆封，缠身的雾
收编成古榕罅漏的物语
秋韵一夜无痕

根须移开盘桓
苍穹截取一抔故土的清寂
恩典的风不堪消沉

十月掬拢的即景
避开时针扎漏的微雨、青烟
消散成帘外的清冷

灯前，夜与我辨析
补天的色空只因风的遗失
花落听不到雨声

天问，云在避嫌
谁为半句隔世的谶语翻悔
背离净土去寻劣根

2008/7　益田花园

## ■ 光·灼痛绿荫

光阴缠绕的根须
空穴被蟋蟀唤起一夜梦呓
挂念，失去了鸟笼

穿透寒峭的冻土
叶的回忆在远处弥散丛林
斑驳追索的那片下落
隐私被星披露

梳理梦醒的触角
从根的伤痕上与红尘粘连
一脚踏陷夜的地盘
一手捂着苍穹

光砸在琉璃墙上
折回的新绿又被腐败抽替
夜，留下星的隐痛

2008/8  益田花园

## ■ 榕·夜露乍泄

挣脱流金，渗漏的
寒露躲在解梦的背后遗精
垂落的叶在困惑

根，盘问残垣
树冠悬空的是流云还是风
虚张的十月吸涸花雨
寻找雪埋的部落

晨曦穿错了悬露
被愚昧的夜摇曳成启蒙
萤虫不再回眸、盘问
古榕泄露的或庇护的残烛
早已被城光吞没

泼下一地霓虹
萧疏的蔓延溅起青涩的情节
迷离悖行的云影
遮颜的绿荫被光剥夺

羁留的结局填不平漏隙
结果还在思索

2008/8　益田花园

## ■ 叶·缱绻春泥

残叶挣脱缱绻，飘去
丝雨的挂念在辗泥中换季

韬光被牵引、流放
落红守望着心归天涯的烂漫
染指成车碾的雪泥

阴晴已卷落、无凭
气节躺在践踏里拯救板结
蚯蚓正为土地抽泣

黑麦播伤了季节
叛离的西风难挽一隅倦客
只因迷蝉不想皈依

谁拦住雷电，郊野的惊蛰
怕砸醒缺失的生机

2008/9　益田花园

# ■ 太阳系着红丝绳

在空旷的山冈，穿过黎明的房子、铁路；穿过妻子与鱼的后门，看见十个海子在山海关歌唱，梦见吃粮食和蔬菜的马，打孔的太阳用红丝绳牵着海子……

（以此诗文纪念诗人海子逝世 20 周年）

穿过海的翅膀，旭升
如梦的风铃一声声把海子唤醒

潮汛，重生的海子在放飞
柴堆围成的那间新屋，面向大海
住过春暖花开的诗人

吟诗、喂马从山冈归来
告诉天边牵魂的恋人，回归线上
划出一缕微澜不息的颤痕

生命绽开日冕的玄孔
结成一串红丝的铃子，随风散落
一篓馨兰留下寻梦的花径

那颤痕划伤了诗人么
太阳与祖国共存的十个晶亮海子
怀念，砍着新柴把死赎醒

红丝如鸟翼网住了阳光
涌向山冈花开的风铃拥抱白帆
漂瓶何时收到天国的诗经

沙滩又漫过红林的记忆
是谁在诗尾独自牵着带丝的日晕
放亮海子拾麦低吟的轨音

钢轨上，太阳系着红丝绳
如梦的风铃一声声把海子唤醒


2008/6　益田花园

## 虚损的意象

避开平仄犁出的语境
移情的檐雨敲着超时的脚跟
诗，渗透了踏空的假想

嬗变有些惊悚、虚损
开始朝错乱的思域隐遁
闲置的青光在瞳孔的形骸上纠结
被掌纹捻成黑白，无意间
眩漏了破晓的音量

水珠空坠的涸辙里
社稷被软禁，又被考古者作弊
一滴殷红泛起一眼犹疑
难辨形而上的伪装

广陵散曲之外
虚延的感召被风竹剃度
后无来者，继往无凭
一段放骸转载一代旷古的晋风
狼毫经不起焚琴
勘误了线装的残阳

隐喻有些潮湿、凝滞

避忌的题跋无法解析砚外人生

殉情只是血染丹青的假象

2011/9　洪湖东岸

## ■ 承受无法放弃

把寂夜承担下来
树的冷暖知觉没有听觉之别
除了昏昼还在维持契合

当残烛累成了残眠
青丝没法再选择嫁接的思想
寒山也只是鸟的月落
一场飞雪，年后
那些还滞留在视线上的境遇
想把心潮投射在风幡上
促成静与动的大错

愧疚能有一种规避的理由么
让愚人在感恩节前复活

当一切攫住的目光
开始萌生现象之外的嫌疑
被次音阻隔的旷远
从一滴水、一束光缄默中滑过
泪终于吸干了洋流
山崩摇着水，地裂晃着天
堕落是另一类超脱

放弃生死无轻之羽

当蝼蚁踮起大地失足的瞻望时
谁能承受灵魂的重托

2001/9　清水河

# ■ 规　避

走进聊斋，暂居
没有花铺只有钱庄的胡同
典当的往事，赎回一段
古今继往的人踪

冰箱恶意抛出饥寒
我钻进酒鬼酒的超市买钟
把灵魂租给屠户
柜员机很歧视，贫富间
日子被意外吃掉
家猫野狗正为遗产打斗
孕妇在殡仪馆哭泣，阵痛后
我躺在产床上窃喜
蒙受悲欣并存的恩宠

岁月蒙着口罩，规避
路过九十九号门牌，按出生
白昼长，短的夜在盲区
所有出入的和待在门槛的背影
都朝着窗前的我虚望
一眨眼，回到从头

门的后面，外婆不在
静穆的相框咳了一声

忽然想起
信誉卡还兜在老头子的手里
天国还需死魂的消费
寻人时，忘了酒鬼装疯

那墙角贴满换房启事
走进的、出来的都没法预留影子
匆匆地一晃，只因
规避对门典当的死胡同

2009/10　南宁新竹路

## ▓ 无题之题

雨敲击的键盘扣着夜
窗檐下，飘闪一瞥寂寥的空蒙

虚脱的冬幕，迟延
一墙截住客栈暴露的迷踪
把诗甩向无绪的山岚
茫然的雪崩遭遇一场意识流
山外，禅忘记敲钟

困在杯子里的我，抽离思想
被影子立成了被动

我用虚空背对真实
面对厨房，面包反刍的现实
一锅贫富难熬一生欢忧

烟裹着诗人的嶙峋
墙影与挂画在书架上密谋
窃情的密码，被串联
与月无关的白梦正在网络导游
容忍被卧榻者欺蒙

敲醒虚拟，备一份现实
失密的命案早已被强暴拆封

画框在收割故事
一道心历悟逝的风景
蚂蚁想爬到云翼上啃破芒种
怀念在忘却里
整整流感了一个秋冬

我以真实面对虚构
背对阴沟，污染替换的节气
一纸贵贱难泻一地清浊

2005/12　益田花园

# ■ 空 调（外一首）

躲在墙角，释放
所有的委屈都在罅漏

迎合是一种违心的情绪
经常被人调控

吹捧是流感的趋势
气管却淌着泪，冷暖摇着头

意志被随意篡改
气节不属于自身的风流

心机，总是被季节歪曲
遗置在陌生的窗口

## 电 扇

对一切都抱怀疑
时常摆弄一副煽情的形象

有时头脑常发热
认为处世的一切都很清凉

有时疯言又疯语
总是被别人控制没有主张

冷暖间，谁在徘徊
动摇的并非失去坚定立场

1987/8　东门甘露寺

# ▇ 烟灰缸

虚空划痛的沉思
魔幻在灼伤之间颤抖

丢失的狼藉，盲目飘忽
点燃属于自灭的星空

一点回瞥曾经依稀
一圈灰飞是远逝的残红

欲灭的思路，吞吐着
肺腑化蝶的幽梦

窒息，传播黑暗的忧闷
拧熄着弹指的曲终

辨析历史的残延
涅槃生夹在人性的尽头

复燃的废墟里，新的泯灭
暗示着不熄的火种

1997/7　深圳戒毒所

## ■ 香　烟

一头，是触目的炽热
一端，是愣神的抽动

时光的幻觉
在天边无声地熄灭
惨烈洞穿的记忆因息息蔓延
遗漏了伊人的隐衷

凝滞的历史被淡去
吐露着苦涩，指尖的绝望
绕过残留的虚空

谁点燃往事
不忍掐灭夜的思绪
是谁一心压制生活的复燃
激情在贸然风动

心瘾撇不开手
放弃是现实唯一选择
下一次自娱的焚殉，残延着
命运残酷的殷红

一丝，掬手光明的窒息
一根，扭转天地的迷蒙

泯灭不是菩提的息影

复燃可是夜萤自焚的灼痛

1997/7　深圳戒毒所

## ■ 错一步棋

一丛树荫挪过一丛景
叠成墙壁的斑斓，宛如棋子
移动着博弈的斜阳

窗内的记忆很暗，反光
从胡同后门贸然地觊觎观望
塞车按住斑马线
徘徊正与我对垒萧墙

棋盘构成的都市活法
三点一线走不出习惯的陋巷
画框在懒散，难以冲破
围困的自画像

盲流的蚁阵乍然阻止
归鸟已忘覆巢，负重托不起
迁徙搁浅的远方

有一天，棋子走错了一步
放弃了入冬的婚房

那鸟借走了我的折翅
树荫已枯疏，蚂蚁凿通的界河
临时妥协，弃卒保帅

避免了覆辙的逃亡

翻过杂丛寻找残局
光阴依旧移动着裸瞳的围城
笨鸟还蹲在原地守望

棋盘原本就子虚乌有
何来走错一步，没人再想

2006/10　益田花园

## ■ 印象·深圳

——献给改革开放三十年的深圳，我第二故乡的人们……

（1）

夕阳侧身远去

白云在边陲垦着历史

废墟如戳

翻过百年的桑田

一水守沉睡

一山望贫瘠

印象在燃烧

蔓过碑界

一城杜鹃花雨滚烫着

鲜红的妃荔

世纪的印玺

是谁盖在春笺里

（2）

旱烟外，灼痛

祖父的背影已遥远

维艰踏着海

在岁月背后耕耘

一肩扛风雨

一脚溅泥泞

那斑驳的胎记
是我归宿的灵魂
昂起神龙
不朽的记忆

烙皱的潮位，何时
回归大鹏湾里

（3）

梦在海里延伸
鲜活小镇一夜的奇迹
放飞三十年
崛起金色的海域
一湾涌春潮
一襟绣昌盛

热土的垦荒牛
牵引民族崛起的流金
锦绣的今朝
塑成祖父的传承

点燃圣火的我在怀想
一位画圈的老人

2008/3　益田花园

## ■ 假 如

解放之前
我没法与你去台湾
清风
却吹断了海岸

开放之后
你没能同我回大陆
明月
依旧挂在窗口

如今
两岸通行，你还没回乡
清明时
母亲会怎么想

1997/10  深圳戒毒所

## ■ 梦回海边

### （一）

人在旅途，我想回家
从开始回到结束的开始，我想
即使不再重来，也不悔改
乡音如初的缘由

麦种回到沃土里
让践踏的信念守着春泥
婴啼回到子宫从头体验生的阵痛
爱情回到怀抱中
让所有姻缘再次温柔

让心潮重归海洋
冰洁远离炼炉
死亡，离开明天的历史
新生，回到昨日的未来
让富饶拥抱田野
饥寒避开荒洲

回归人性、自然
比放飞自由更加自然的人性
找回茅屋上飞机掠走的蔚蓝
回归空旷、遥远
比聚敛思想还要遥远的空旷

折回画扇上外婆描绘的旅途

犁泥的脚随风车插入
播醒冬麦的清晨
走近晚晴的你十月初嫁的花轿
乘鸟林没被滥伐
走近诗行夕照的岸柳

（二）

生活不在别处
应该回去，去海边观日
去与仙湖放舟
去独钓点燃山林篝火
不只停留在看风景的风景，我想
即使不再重逢，也应铭记
落英寻根的初衷

篱外，菊子已回秋
虚妄的我为功名而忏悔
为摇落的蒲公英寻找断线的风筝
挽留野烟飘散的鹭草

我为笼城没麦浪而饥渴
忘了赎回霓虹下奔命求乞的知音
汽笛声中重续断落的童谣

高堂在上，我必须回家
买一张归属自己的天
要去砍柴，听一声磨刀的吆喝

要去赶集，买回一段晴雨伞的初恋
要去捉鱼，溜进玉米地与狗贪睡
品味邻舍柴烧的茶饭
珍藏起跌倒在操场上的懵懂幼稚
面朝花海哦，云幡之上
去追忆校门前的鸽哨

（三）

我想回去，无论贫富
想让田野知晓，云在孕穗
金秋里深谷敲响了芝麻开的金门
想让云海懂得，浪在天涯
不再迷失羁留的鸿爪

我想回去，藏在榕树下
厮守艺海的笑傲
只为那一刻风中有树
更为这一世萍水邂逅不渝的情操
与你偕老，牵手缪斯
在岁月如弓的晨曦之巅
原野之上，张开一弧紫色长空
深深烙上青春无悔的笑

梦，在雁去的秋空里
回眸的黄昏已约好前世今朝

2010/9　稿于邕城

## ■ 附 录

### 范大兴先生诗歌选录

范大兴（1930.12.6—2010.12.19）字福恩，号懋之。湖南省汝城县三溪洞人氏，明代著名诗人、文学家范渊之后裔。大学肄业，后投笔从戎参加"抗美援朝"。曾任中国人民解放军高等工程兵学院教官，后转业到地方政府机关工作。性情耿直、慎思谨言；擅长书法、深研《易经》。曾获全国"洞庭春杯"武陵酒征名诗歌大赛大奖、深圳首届吟荷诗歌大赛大奖。著有《懋之残稿》文集等。

## ■ 渔歌子·赏荷（三叠）

### 荷塘夕照

洪湖桥边夕照生

晚风荷露一舟横

花吐艳

叶吞云

清池月影红蜻蜓

### 暗香浮动

六月荷花红满湖

花间谁唱采莲歌

风剪浪

荷送香

雨后新荷吐芬芳

**冰肌玉骨**

倚栏赏荷兴正浓

残阳映水碧芙蓉

波粼粼

叶亭亭

不染不妖玉洁净

## ■ 《夕阳红·垂钓乐》（二首）

### （一）

红树湾外帆影微，万顷碧波浸落晖。

几回举手抛芳饵，惊起鸥鹭满川飞。

### （二）

西海岸畔一叶泛，绿波倩影柳鸣蝉。

爱觇残阳乐碧水，笑指桑榆钓晚霞。

## ■ 别梦寒

（一）

繁星点望断南山
五更寒，梦醒家万里
解甲归田园
何日放归舟

（二）

柳丝河边一叶轻舟
随波逐浪泛向故乡
一别二十年的田野
景物依旧
高堂鬓霜如银
不禁滴下几滴寒泪
……
鸡鸣喔喔一觉初醒
原是南柯一梦
仍然是冷枕孤身

（三）

山路弯弯溪水潺潺
青山塔影绿槐深处
是我久别的家园

五十八年阔别和依恋

五十八年的风雨路

几许艳阳天

离家时正青春年少

归来时两颊鬓霜

儿时的景物早已朦胧消逝

当年的小桥流水田舍风光

也已是变了模样

唯有三溪洞前的流水

依旧静静地流淌

在我心中

泛起一阵阵波澜

……

## ■ 秋　思

流星戛然划破夜空
楼头，对月吟诗，
谁家竹笛声声
送走几行南归鸿雁
惹生一怀心绪。

我精神抖擞
自古英雄不作悲秋戚，
人未老，剑在手
啊，剑芒映射星光
凭栏看牛斗紫气。

## ■ 跋上迟暮的追忆（后记）

出版这套诗集，些许有些迟疑，曾经的期许乍然被刻骨的伤怀所空置，不忍于心。一种未了而又未及的思绪，于文字、于生活、于情感的某些揣度，某种暂时放弃而又不舍的慎择久久不能释怀。原本是想在家父生前出版这套诗集的，不料老人家猝然病逝了。关于文集校编便成了不忍触及的沉虑，重议诗话也就成了一种伤情的怀念、一段铭刻的记忆、一生缅怀的寄托……

思念与缅怀是一种永恒的人文情怀，那血缘粘连的舐犊之情，常是我们心身成长、思想孵化的基元；而回忆总是那样清晰而迷离，总是如同昨夜的疏雨还在窗檐上续漏，令人情系难忘。一些人和事或许淡退，或许早已忘却，只因某些久违的状况瞬间被重新唤醒。

记得二十世纪中叶，初中毕业的那一年，父母领着我和胞姐第一次回祖籍老家，那个"郴江幸自绕郴山，为谁流下潇湘去"的湘南汝城，一个偏远贫瘠的红色老区。汝城地处岭南之北，郴江之东，据说是中国太极图的发源地。宋朝的大理学家周敦颐曾在此为官治学，开创了中国理学文化暨古代官方哲学之先河。这是后话，但至少我范氏家族的血脉源起于爱莲之地、锈衣之坊，也为幸哉。

二十世纪七十年代初，知识贫乏、经济落后。交通不像现在便利，坐火车从湘北常德经长沙到郴州，整整坐了一天一夜，傍晚时分我们到达汝城。县城坐落在岭南之北，山脉起伏连绵，从颠簸的车窗远远地望去，小镇不大，在霜雾的笼罩下灰蒙蒙的，但宁静而古朴，街道不宽但很整洁。穿过县城中心，有一座砖塔屹立在寂静的护城河畔，塔高九层，绿檐灰墙，有些破旧残缺，迂塔的河道绕过城区而去，从一个叫濂溪祠的路口经过，不远处看去，一塔两水三桥的景色清凉而又萧瑟。离开县城到三溪洞还要步行一段路程，父亲指着刚才的景色对我们说："你们谁能用一两句古诗描写这此景，我考考你们。"我一路走一路想，饶有兴趣，却没有回答；胞姐虽有几句诗吟，但言不尽意，当时我俩只有十三四岁，受"文革"时期教育的影响，还没完全理解其意境和父亲幼教启蒙的思想。路过范氏宗庙旁"锈衣坊"时，父亲给我们讲述了明代监察御史范辂弹劾贪官、反对宁王朱宸濠的故事，当地广泛传说的"范门三进士"，即历史上的范渊、范辂、范永銮祖侄孙三人。据《明史》记载：范渊系湖南桂阳（今汝城）人，字静之，号君山，官至刑部郎中，诗人、文学家。好多年后，姐姐在研究古典诗词时告诉我，范渊为明中期诗文复古运动的重要人物，著有《君山诗稿》《绝笔诗》《民训》文集行世。

回乡大部分时间都待在村口的大伯家，临近春节的寒夜，疏星浅月，山村幽静，当时乡下还没有电灯，只有微弱的烛光在堆满农具和书籍的角落摇晃着楼阁。我借助窗外清寒的月光，静静地躺在简陋的床榻上，望着县城远处隐约的塔影，有关古塔的传说一直缭绕在我的脑海。据说前朝有一读书人，科举不顺，听好事者谶言，怀疑塔影遮住了院门，影响其官运，便叫下人拆除古塔的三层青砖，因此破坏了风水。近一两百年来，这里再没有走出名人了，后来有人重新修缮恢复了原貌。汝城就走出两个上将：朱良才、李涛，一个中将：宋裕谷。据说朱将军还与外祖父沾亲带故的，我的大伯和二伯早年还是县农会的骨干……

读书取仕、光宗耀祖一直是中国旧时文人的梦想。父亲这一辈有七兄弟一个姐姐，父亲老五。祖是一个农商业者，质朴善良，有房田，有手艺，苦于家中没有读书人，祖父就与伯父们商议送我父亲去城里读书。大学毕业那年正赶上抗美援朝，父亲到中国人民解放军高等工程兵学院任教，后又从部队转业到了地方为官。父亲时常因未能报答江东父老的恩情而内疚，而遗憾。这次回乡是我们举家的第一次，虽说不是衣锦，也十分荣耀。

春寒料峭，雨雾初歇，田垄一片嫩黄，伫立在祠堂楼阁前，堂兄晓文哥指着不远处的山峦对我们说："那满山竹林的山叫作小苏仙岭，你父亲儿时经常上山砍柴，帮助伯父在村口打锡（一种用锡水补锡皿的手艺），读书很聪明，每天翻山砍柴回家就把书背完了。七叔大伟也是在你父亲的资助下读书，从这里走出去的。"伟叔京城大学毕业，后在黑龙江为官，官至厅级，可惜英年早逝。我母亲也是汝城人，外婆家就在仙岭背面不远的溪口那边……

那一晚，我躺在家庙旁边低矮的阁楼上，窗口对面据说是父母曾经结婚的洞房。身后的山，山后的世界，读书做官，我无眠地遐想着。开始了"少年不知愁滋味"的乡情萌动，沿随父亲儿时的足迹寻找家族的根源，开始了我人生朦胧的思考。也许是氏族文化传承的渊源，习文处世，我们的人生观也受到了影响。后来，我自己成了父亲，成了一名文学艺术工作者，才体会到当年父亲的以诗立志的用意。好多年后，在省会火车站，当我亲眼看到一位将校军官向我父亲行礼，看到老人家因师生重逢惊喜欣然的泪光时，我为父亲骄傲，为自己身上流有"范氏民训"的文脉而自豪。

少年故乡的记忆是难忘的，我如同鲁迅笔下的"闰土"从《故乡》中走出来。关于那句费解的语境和诗谜，关于濂溪书院的传承与古塔的变迁，多少年过来，一直像诗歌一样缠绵在我的心里……

"两水夹明镜，双桥落彩虹"。后来我才从李白的《秋登宣城谢朓北楼》诗中找到了解答，两水一塔，双桥并鹭，如同《滕王阁序》诗文中所描写的情景。同时，也在《千家诗》首篇上发现了"时人不识予心乐，将谓偷闲学少年"中的"予心乐"就是现在老家的予乐湾。据《汝城县志》记载："在县西五里江口。二程从学濂溪至此，有'时人不识予心乐'之句，后人遂名其地为予乐窝，俗名予乐湾。"后来胞姐写了一篇回乡散文，当时在学校广泛传阅；再后来，那就是四十年以后的事了，我知道汝城是中国理学文化的发祥地，濂溪书院是中国古代著名的学府。也许鉴于此缘，算命先生说我八字上有两颗文曲星。这些烙有诗谜的回忆成了我文学艺术创作的初始，关于诗歌的感情便有了一种特殊的矜持、特殊的体悟。

特别近几年来，年迈的父亲以写点旧体诗、写写书法、下下棋打发晚年，只是眼睛不好使，但不影响他老人家在深圳首届吟荷诗歌大赛中获大奖。后来为胞姐的"唐宋诗词三百首赏析"系列专著校稿，我与父亲大人咬文嚼字的机会就多了，讨论诗歌也成为我们每次见面的主要话题，以及每年春节大家庭团聚的保留节目。尤其他在病榻期间，我与他关于诗歌的话题畅谈不绝，父亲为他研究填词古律中有所创新颇为得意，近年来又撰写了不少佳句。父亲很固执，可以说近乎顽固，有时为改动一词，我们常闹得不爽心。记得有一次谈起现代网络诗风，他津津乐道，很是欣赏，但对当下杂志古诗的排版，尤其是现代诗句分段的随意性，音步韵节没有美感很有微词。

去年的这个时候，老头子过世的前一个月，我的好友阿鬼在她主编的《左诗苑》专栏上连续刊登我父亲的诗作，深受网友们的追捧好评。父亲仙逝后，我把写有"洪湖桥边夕照生／晚风荷露一舟横／花吐艳／叶吞云／清池月影红蜻蜓"的《荷塘夕照》刻成诗碑，立在他的墓前。这也许就是我们对父亲大人最好、最亲近的缅怀。

胞姐是某大学学院的负责人，教授古典文学，曾出版过多部古诗词研究专著，她创作的《浅斟低唱》《流年心絮》系列现代诗歌很有古诗意韵，具有古典清雅之美，现代婉约之风。正如中国当代文学大家韩少功先生所说的那样："她的诗作既得古法，又多新意，自成一体，多彩多姿，一再用'新古代'和'旧现代'

的文字幻境，把读者引向电子世纪的烟波细雨、都市岁月的绿荷黄鹂中……"

　　许是曾与父亲约稿在先的缘由罢，我也筛选一些旧作，名为《错视的天域》，准备与胞姐的诗集《风裳水佩》一并出版，并请韩少功先生为此作了序，实为幸事。

　　正如韩少功先生所言："这种瞬时与永恒的自我精神紧张（tension），未直露于作者的宣言，却始终深隐于诗体的某种古今交集。"因某种灵魂的通融与感应，从诗歌感性的角度观察所谓"生活错视的本质"与"天域的假象"，我将用一种透明的、非理性的视角引入诗行，穿越地核、星际；穿透灵性、灵感与灵魂……

　　转眼已近父亲周年忌日，初冬的鹏城有点寒峭，但缅怀犹存。父亲在路上，在天堂与诗歌的行进中，未版的册集也在路上，那段"修塔缮仕"的轶闻也还在流传。那开辟太极理念的周翁依然还在予乐亭游说理学么，还在出污泥而不染的濂溪旁仰天冥想么？也许在物欲横流、理学缺失的当今，倡扬一点健康理学传统文化，提倡一些古代哲学思想，也是有益的。那穿越意识的灵域与生命自然的对话，也许可从父辈那一代的心历中找到某种注脚：某些修心于国而养性于家的思考，某些荣辱与情爱的解读。而关于昔日语境的疑问与诗集的慎择，又该是怎样一种旷久的期待、凝重的寄托呢。在老人家的墓碑前，来年清明的凄雨夹着跋笺上迟暮的追忆，也许提前而至，我又能用怎样的敬畏答对历史，告慰先人，如何审读诗的人生与人生的诗呢。

　　是啊，一种历史虔诚的揣度；一种记忆缅怀的慎择，
　　该用怎样的文字去承载，怎样的思想去诠释呢……

2011/12/18　悟坤斋

图书在版编目（ＣＩＰ）数据

错视的天域 / 范名之著. -- 武汉 ：长江文艺出版
社， 2018.9
ISBN 978-7-5354-9836-6

Ⅰ．①错… Ⅱ．①范… Ⅲ．①诗集－中国－当代
Ⅳ．①I227

中国版本图书馆 CIP 数据核字(2017)第 164908 号

责任编辑：何性松　　胡　璇　　　　责任校对：陈　琪
封面设计：范名之　　　　　　　　　　责任印制：邱　莉　　王光兴

出版：　长江出版传媒　　长江文艺出版社

地址：武汉市雄楚大街 268 号　　　邮编：430070
发行：长江文艺出版社
电话：027—87679360
http://www.cjlap.com
印刷：武汉市首壹印务有限公司

开本：700 毫米×1000 毫米　　　1/16　　印张：21　　插页：2 页
版次：2018 年 9 月第 1 版　　　　2018 年 9 月第 1 次印刷
行数：6455 行

定价：36.00 元